COLLECTION SÉRIE NOIRE
Créée par Marcel Duhamel

FRANCK PAVLOFF

Le vent des fous

nrf

GALLIMARD

© *Éditions Gallimard, 1994.*

To be or not to be!
—Quelle est la question, dit-elle?

TÎ-GRO

L'angélus, l'ange élu. L'ange déchu ouais ! Ça se mit à carillonner joyeusement dans ma tronche au diapason des deux cloches de l'abbaye qui se donnaient la réplique pour la prière du soir, là-bas, au bout du chemin poussiéreux.

Les meilleures jokes sont celles qu'on s'envoie perso, sans public, pour son propre plaisir, et je m'arrêtai net, plié en deux par le fou rire, me marrant comme une baleine. Y avait pourtant pas le moindre avenir pour les protégées de Green Peace dans ce paysage désossé, sec comme un coup de trique, où même un poisson rouge n'aurait pas trouvé son bonheur. Rien que des gros cailloux anguleux, de l'éclat de dolmen, de la roche éclatée en lame de couteau, du vomi de volcan, de l'écume de quaternaire pétrifiée par le cagnard du Midi et couvant dans ses entrailles comme venait de me l'apprendre le père Gabriel, des œufs fossiles de dinosaures. À l'évidence le plateau avait traversé plusieurs fins du monde depuis l'ère des fougères géantes et à mon avis d'autres suivraient. Pas d'emmerdeur alentour pour me demander pourquoi j'agitais ainsi ma carcasse sans motif apparent, pourquoi je piaillais tout seul comme un coucou désailé, personne pour s'étonner de ma joie primaire. Sûr de mon droit je me laissais aller au plaisir innocent de rigoler pour trois fois rien. L'ange élu, tu parles d'une blague !

Je rotai mon trop plein d'air des garrigues à la face du diable qui avait agencé ce décor d'enfer et savourai la liberté retrouvée de faire dans l'instant ce que ma tête me dictait sans qu'un petit malin me demande : «et pourquoi?» et puis très vite après : «et d'où tu viens et où tu vas», façon de me faire remarquer que ma boussole n'était pas à l'heure, alors que justement ça commençait à aller mieux de ce côté-là depuis quelques semaines. Il suffisait que je fixe la ligne bleutée de l'horizon aussi définitivement rectiligne qu'un encéphalogramme plat pour me retrouver en face de mes pompes et savoir où j'étais.

L'angélus ! Les sons me parvenaient hachés menu comme une série de crottes de lapin sur une portée de musique, tassés, serrés, asséchés par un simple petit vol plané de trois cents mètres dans cette fournaise provençale. Trois cents mètres ! Moi l'homme aux pieds ailés je ne m'étais pas encore aventuré au-delà de l'abbaye de Roscodon, traînant mes pas de convalescent jusqu'à cette grosse pierre posée comme un trône sur un tapis d'épineux, où j'installais mes fesses aux heures les plus chaudes pour rêver. Rêver? C'était pas vraiment le bon mot, me purger l'âme, ouais c'était plutôt ça, un trop-plein dans ma tête à évacuer en urgence avant que les boulons ne pêtent. Un bon mois passé ici et j'avais déjà mes repères, des petites habitudes de mec en cavale bien qu'il n'y ait pas le moindre pingouin à travers le monde pour s'inquiéter une seconde de mon sort.

Les dings bousculèrent les dongs, je m'y attendais, ça se terminait toujours ainsi, sur un tempo brouillon comme si le moinillon carillonneur crevait la dalle en fin d'après-midi et se dépéchait d'en finir pour aller trancher le calandos avec ses potes dans un coin du réfectoire. Amen.

Le soleil m'assommait, j'aimais cet engourdissement. Hiberner en plein été c'était un luxe de première. Je ne m'étais pas trompé dans mon plan, j'étais là où il fallait que je sois, au bon moment, hors de l'espace et du temps. C'est pour ce genre de miracle que les curés retapaient les abbayes. Celle-ci, refuge de Bénédictins osait à peine avancer le museau de son clocheton face aux griffes de la garrigue qui l'encerclait. Elle tournait le dos au village de Sauveterre qui, lui-même perché sur les hauts plateaux de Provence, tournait le dos à Sisteron, c'est dire l'ouverture des lieux.

J'avais traversé ce bled en trombe la nuit de mon arrivée et je n'en avais rien retenu tellement je me foutais de tout ce qui pouvait ressembler de près ou de loin à de la vie organisée. Mon seul et unique souci était de me laver la tête des blessures qui l'encombraient, boulot plus ardu qu'il ne pouvait paraître de prime abord. Les souvenirs c'est têtu comme un crachin de mazout sur une plage bretonne, dès que la tempête s'apaise le magma noirâtre remonte à la surface. Mais il faut bien amerrir quelque part, et moi, je sortais d'une sacrée marée noire, un naufrage d'équinoxe qui reléguait celui de l'Amococadiz au rang d'accident de gondole contre le pont des soupirs.

Le patron de Roscodon, le père Gabriel, m'avait accueilli sans moufter, sacré renard que ce corbeau, et l'ombre qui avait couru sur son visage aiguisé par son nez m'avait appris qu'il en savait plus que nécessaire sur mon passé. Il fallait que je m'y fasse, j'étais attendu. Il y avait à présent autant de fax que de tams-tams à l'ombre des manguiers africains.

C'est de là-bas que je débarquais. On avait échangé quelques phrases banales sur les villes en fusion du continent noir dont je connaissais les pièges et les dangers. Je louais mes services à ceux qui, dans les black démocraties d'opérette, avaient le fric et le pouvoir, mais pas la sécurité. Ça tombait bien j'en faisais mon affaire, c'était mon job. Un boulot logique. Un problème ? voilà la solution. Des résultats ? avancez le pognon. La méthodologie de base du petit artisan. Mon chauffeur congolais qui aimait jouer avec la sonorité des mots de chez nous disait : «Pour cent balles français t'as-ta-kalach.» Il aurait pu ajouter que pour un sac de riz UNICEF t'avais la panoplie complète de Rambo relookée Mad Max, mais qu'avec rien t'avais non seulement rien mais que tu risquais très vite de n'être plus rien. Les barons noirs l'avaient pigé, ils avaient intérêt à être de plus en plus gros. Je les y aidais, mais pas gratos.

J'avais causé ambiance des marchés, saison des pluies, je suis sûr qu'il avait compris mercenaire, protection rapprochée. Mais un type comme moi, ça pouvait toujours servir. Même le Pape n'était pas à l'abri des balles, les Turcs le savaient bien. Pour service rendu aux puissants proches des prélats il m'offrait le gîte, et le mutisme des murs de pierre de Roscodon ; c'est tout ce que je demandais. Il avait juste jeté un coup d'œil étonné vers le parking où ma D.S. jouait la différence, flancs noirs contre ailes blanches des 4 x 4 tiersmondistes, prêts pour de grands voyages humanitaires version Occident chrétien, si tu veux du mil adore mon Dieu blanc. À mon tour très poli je n'avais esquissé qu'une très légère grimace. J'en connaissais un brin sur leurs méthodes. Dans le « tu me tiens je te tiens par la barbichette » j'étais pas mauvais non plus.

Je me balançais d'une fesse à l'autre sur mon barbecue de pierre. Plutôt lourdaud pour un mercenaire. J'avais pas perdu le tic tonique de me regarder passer avec ironie.

J'allumai une clope sans faire gaffe à l'allumette et des flammèches jaillirent aussitôt à mes pieds. C'était pas le moment de faire cramer l'abbaye et son oasis de verdure, fruit d'une lignée de moines obstinés qui avaient remonté la terre ocre, bourrasque après bourrasque, année après année. La pelle, le seau et la brouette déplaçaient les montagnes plus sûrement que la foi.

La taf bien planquée par le paravent des mains, je repris le fil de mes souvenirs. Pour m'offrir au plus offrant, j'aurais dû garder l'esprit libre et ne pas me laisser aller aux amours locales. Le mélange des genres et des couleurs finit toujours mal. Pourtant je l'avais dans la peau cette nana, et quelle peau, cuivre et velours, et son gamin encore plus, c'était aussi le mien, vif comme un cabri. À donner dans le tendre je m'étais empâté, j'avais baissé ma garde. J'aurais pas dû oublier que ce métier est mortel pour qui somnole une seconde. Sacrée boucherie, sacré loupé. Les bastos lybiennes avaient emporté tout ce petit monde et la baraka avait encore choisi de miser sur le pion blanc. Merci pour moi, De Profondis pour eux. Je m'en étais sorti avec le cœur en charpie.

Voilà que je donnais dans la mémoire blessée et le mélo, assis sur mon trône comme un ange sur une chaise percée ! La faute à l'angélus, à ce glandeur de Millet.

La dérision c'est l'antibio du spleen. J'avais retrouvé la bonne distance avec ma vie. Quel progrès depuis mes premiers jours à Roscodon où je restais allongé sur mon pieu comme un pantin en mal de son, complètement débranché, les yeux rivetés au plafond et où seule l'envie de pisser dictait à ma volonté et à ma conscience. Puis peu à peu j'avais atterri, jeté un œil autour de moi, découvert l'agencement bon chic de la cellule, placard-bibliothèque planqué dans une niche, murs ocre avec juste la touche d'une croix d'ébène que je m'étais empressé de retourner et qui avait laissé au mur une sorte d'empreinte de chouette crucifiée. Mais je n'étais ni croyant, ni superstitieux, simplement en train de ressusciter. Les religieux, âme trempée dans l'acier mais rotule souple, épousaient leur époque et affichaient l'austérité fonctionnelle des années 90. Tout compte fait c'était mieux ainsi, je préférais faire retraite dans une ambiance Club Med plutôt que dans du gothique flamboyant.

Ça avait été bénéfique pour mon mental. Assez vite j'avais poussé mes santiags hors des murs. Oh pas très loin. Trois pas dans le jardin, puis quelques autres jusqu'à la grosse pierre creuse pour bouquiner au soleil, une boulimie de Calaferte l'écrivain le plus solitaire que j'avais dégoté chez un bouquiniste avant de larguer Paname, et dont je ne me lassais pas de ressasser les évidences du style « On est toujours assez fort pour supporter les maux des autres », un genre d'humour qui remettait ma trotteuse à l'heure des réalités. Après tout mon cas était banal.

Bien calé sur ma pierre philosophale je sniffais la sécheresse des garrigues, au bord de l'overdose, les narines en fleur de lotus, le sourire béat découvrant sur le tard les bienfaits d'une cigarette d'eucalyptus.

14

Vus de mon royaume, les contours du village de Sauveterre tremblotaient comme un mirage, un paillasson mal secoué avec quelques touffes d'arbres en manque de chlorophyle. L'abbaye de Roscodon était reliée par une voie départementale, à ce bled où très certainement chacun s'affairait à sa petite vie. Le boulanger préoccupé par ses miches, l'instit par celle de la petite nouvelle de classe qui virait Lolita, l'infirmier par celles de la boulangère justement. La ronde de la vie qui emmêle les désirs, tout ce dont je m'étais débarrassé, et c'était très bien ainsi. Plus de désir, plus d'emmerde. Je me sentais à deux pas de la guérison, délesté de l'envie de me mêler des affaires des autres.

Demain je pourrais bien sortir ma tire du parking et la faire ronronner à travers le plateau, l'odeur des sièges de cuir commençait à me manquer. Tiens je continuais à parler à voix haute, à radoter de plus en plus souvent. Il n'en sortirait rien de bon. Il était temps que j'aille écluser un demi dans un rade comme l'aurait fait n'importe quel plombier satisfait de sa journée. O.K. j'avais perdu, très gros même, mais la leçon s'était enfoncée en moi comme un coin dans un tronc de peuplier et j'étais pas près de l'oublier. J'avais jeté ma panoplie d'homme de l'ombre aux orties, avec mon passé au fond des poches. Je me sentais capable de me tenir à l'écart des embrouilles et j'étais pas plus con qu'un plombier.

Qui plus était j'avais mis à gauche assez de fric avec mes coups de poing, mes coups de poker, pour relire Calaferte relié pleine peau pendant le reste de mes jours, le cul galbé par la toile d'un transat argentin si tel était mon bon plaisir. Que demander d'autre. «Le cœur se brise ou se bronze. » Je me levai sur cet aphorisme calafertien. Retour au bercail.

Le soleil de septembre jouait les prolongations, implacable malgré l'heure avancée. Je chaussai mes Ray-Ban que je bichonnais parce qu'elles faisaient la paire avec ma D.S., parce que leur monture un peu lourde protégeait mon regard et que dans la vie, lorsqu'on a trouvé sa pointure dans quoi que ce soit, même dans la lunette, il faut s'y tenir une fois pour toutes.

Une bagnole, des carreaux à la James Dean, dix ans d'Afrique m'avaient laissé le goût des grigris pour conjurer le foutoir qu'était devenu ma vie.

Je regagnai ma carrée monacale bien décidé dès le lendemain à pousser une petite pointe vers la campagne et pourquoi pas jusqu'à Sauveterre.

*

Pas de doute, la tire chuintait de l'arrière. Un sifflement d'air et de caoutchouc mou. Une crevaison, quel manque de pot pour ma première virée. Un ridicule petit trou dans la chambre à air alors que je rentrais à l'abbaye, calmos, tout en souplesse parmi ce chaos de roches tourmentées, ce fantastique paysage de pierres décolorées, javellisées par un soleil de haut fourneau qui n'en finissait pas d'aller se coucher. Minable hoquet du destin !

Je pris mon temps pour me garer sur le bas-côté, après avoir mis mon clignotant par habitude. Dans ce désert de caillasses c'étaient pas les bandes d'arrêt d'urgence qui manquaient. Sans m'affoler, je jetai un coup d'œil au pneu qui crachotait sa mauvaise humeur sur le macadam.

16

C'était sans importance à côté du bien être que j'éprouvais depuis que la misère du monde m'avait lâché les baskets. La seule misère dans ce coin perdu, c'était ce putain de clou de charpentier planté là, dans le pneu arrière gauche de ma D.S. qui s'en fichait d'ailleurs pas mal, vu qu'elle aurait pu encore rouler sans problème sur trois roues pendant plus de mille bornes. C'est pour ce genre de détail que je l'avais choisie.

Je profitai de l'incident pour m'envoyer une lampée d'eau de Vals, la seule flotte à bulles que je pouvais avaler, parce que quelque part dans ma tête de môme s'était incrustée l'étiquette sweet de la bouteille. Salope de pub. Par cette canicule, bienvenue à l'eau du Vivarais !

J'étais calme, prêt à tout positiver. On m'aurait annoncé que je n'avais pas de cric, j'en aurais rigolé. D'ailleurs je n'en avais pas. Mon visage s'assombrit. Je me l'étais fait chouraver au pied de mon hôtel pendant mon court séjour à Paris par un des zombis fauchés qui hantaient Belleville.

Il me fallut une bonne demi-heure de coups de gueule dans le désert et de transpiration entre chien et loup pour hisser le cul de ma bagnole sur un monticule de pierres. La technologie des années soixante mise à mal par un pet de Bibendum ! La tâche accomplie je sortis une clope avec mes doigts chargés de cambouis. L'air tremblait, incertain, fiévreux. Le Nevada à deux pas de Paris. De ce plateau destroy qui se donnait des airs de planète d'après le big-bang, avec ses blocs de pierre travaillés par Gaudi, montaient de secrètes vibrations qui venaient chatouiller le point précis de mon plexus solaire. Cette force vitale retrouvée méritait d'être fêtée. Justement, tiens, mes paluches ressemblaient à celles d'un plombier, et y avait-il meilleur endroit qu'un troquet pour trouver du savon ? Je cherchais encore la réponse que je me dirigeais déjà vers Sauveterre.

Le village, arc-bouté au bord des falaises du canyon pour retenir les coulées de terre qui échappaient à l'emprise des rochers à chaque orage, s'accrochait comme une verrue à la peau rêche du plateau. Régulièrement Sauveterre le bien nommé était balayé par des bourrasques sèches, d'invraisemblables coups de föhn qui s'acharnaient à désosser le paysage et recouvraient la garrigue d'une pellicule de sable rougeâtre. La nuit tombait s'arrangeant maladroitement de la pleine lune. Trop de luminosité sur un rideau de tulle mal tiré. Quelques mas isolés, des lotissements sans arbre, puis le vieux bourg qui s'endormait. Une mob poussée à bout fit éclater sa rage le long des ruelles. Tout était tassé dans Sauveterre, comme raboté par le vent. Aucune maison ne dépassait l'étage et pour un peu, me hissant sur la pointe des pieds, j'aurais surplombé les toits du bourg. La topographie avait la simplicité d'un dessin d'enfant. D'un côté les ruelles, les vieilles toitures de tuiles à écailles, les enseignes déglinguées. De l'autre, les constructions récentes, bâtiments d'équerre revistés provençal selon les standards des architectes de Marseille. Arcades en briques et rangées de fins lampadaires en alu avec bacs à géraniums pleureurs hissés à hauteur d'homme. Le Midi selon Decaux. Les mystères du Nevada s'effaçaient derrière une marina d'opérette figée en pleine terre ! Comme si un morceau du rivage languedocien, mal ancré, avait dérivé jusque-là, gardant les traces miteuses de son voyage. Revêtement écaillé, chaussée dégarnie, trottoirs défoncés.

18

Le boulevard qui faisait frontière entre ces deux quartiers se terminait en presque cul-de-sac, sur une placette refuge de commerces qui se voulaient haut de gamme. Brocanteur-antiquaire, bijouterie à gourmettes et montres Cartier, hall de la presse avec miroirs de surveillance larges comme des antennes paraboliques, pâtisserie rococo où s'entassaient des sablés saupoudrés de granulés lavande vendus sous l'appellation « galets de Sauveterre ». Et deux troquets avec parasols bon chic, où les garçons s'attelaient à la corvée de l'empilage des chaises.

C'était jeudi, soirée calme de la semaine. Les jeunes qui faisaient la réputation des nuits chaudes de nos provinces, récupéraient dans leurs pieux comme de gros poupons mal sevrés rêvant à leur prochaine muflée de Ricard du week-end. Demi-tour sur la placette. J'accostai en douceur dans la contre-allée et me dirigeai vers un bistrot en retrait sur la partie droite côté vieux village. Un rade possible où quelques chaises en bois verni sur le pas de la porte m'invitaient à m'installer à la fraîche, sans autres formalités.

Un jeune, il en restait donc, clouté comme un pneu neige, s'arracha du flipper et me lança un coup d'œil de matador à travers la cape rose de ses mèches punk pour deviner mes intentions. Si je cherchais la tranquillité et l'anonymat il serait bon que j'enlève mes Ray-Ban la nuit. Je posai mes lunettes sur la table à côté de la tasse de café qui me promettait des heures agitées. Mais tant qu'à mal dormir…

J'allai m'éclipser lorsqu'une voix de femme légèrement cassée m'interpella du fond de la salle.

— Hé, vous tripotez du Zan toute la journée ou vous avez des ennuis de bagnole ? Si on peut vous aider.

C'était vrai, mes pognes de ramoneur.

— Non merci, je me suis débrouillé, je rentre sur Roscodon.

— Chez les curés à cette heure ? Ils ne vous ouvriront pas ; ils se couchent comme les poules, après les vêpres, question d'être en forme pour les mâtines.

Son rire franc déclencha en écho l'hilarité d'un groupe de jeunes beurs qui faisait corps avec le punk clouté autour de la babasse, et d'un trio d'invraisemblables figures de mode du troisième âge en goguette, oublié voilà longtemps par un tour opérator distrait, et qui maintenaient leur forme en sirotant des Marie Brizard bien frappées. Pour la discrétion c'était loupé. Demain tout Sauveterre saurait que le mec à la D.S. noire logeait chez les curés commes ils disaient.

La nana à la voix voilée, bien campée derrière son comptoir, malice sans provoc dans les yeux, avait l'air de bien s'amuser.

— C'est tellement rare de voir quelqu'un de l'abbaye. Avant qu'on la restaure j'y allais chercher des iris jaunes près des bassins, mais depuis qu'ils ont retapé la galerie du cloître et ouvert des chambres d'hôtes je n'y mets plus les pieds. Surtout qu'ils ont entouré les jardins de barbelés. Ça se fait pas ici. Qu'est-ce que vous voulez aller voler dans ce refuge de célibataires ? Je croyais même qu'ils n'ouvraient plus leurs chambres de passage aux laïcs.

— Mais mademoiselle Ornella, monsieur est peut-être de la religion ! lança l'homme du trio ravi de l'aubaine, en soulevant son panama, très vieille France.

20

— Ça m'étonnerait, reprit rigolard un gros mec tondu avec moustaches style la zone qui hésite entre N.T.M. et mon bof, les curetons ont pas de Ray-Ban.

Paroles définitives sans réplique. Chacun se remit à ses petites affaires. Les jeunes à leurs balles d'acier «prisonnières-de-leur-destin», les vieux à leurs rêves d'alcool blanc. Ils avaient marqué leur territoire, il me revenait d'être humble. O.K. Ça tombait bien, j'étais ici pour me fondre dans le paysage et oublier pourquoi je voulais oublier.

Ornella! Un rien de passion et de lumière italienne dans les yeux, avec un zeste de tristesse. Du charme à revendre qu'il fallait que j'oublie vite fait.

Mais elle avait envie de parler Ornella, de s'offrir un petit extra de curiosité dans ce patelin sans mystère. C'était pas tous les soirs qu'un mec délaissait les bars à parasols pour son troquet rétro.

— Si la chaleur continue encore longtemps les pierres vont crier de soif.

Ça devait être le code d'approche dans le coin. Du style «beau temps mais sec».

— C'est sûr, même que votre patelin se donne des airs de Port-Grimaud à marée basse!

Un flash de dents nacrées en réponse. Elle appréciait la répartie, l'humour yau-de-poêle au deuxième degré, cette petite vanité faite pour montrer qu'on n'est pas tout à fait ce que l'apparence pourrait faire croire, qu'on voit autre chose que ce qu'on nous montre. Par exemple que l'architecture de Sauveterre en disait long sur le village qui n'était peut-être pas si innocent que ça.

Mais qu'est-ce que j'avais besoin d'aller fouiner! Montrer que j'étais encore dans la course? Quelle course!

Allez mon gars oublie moi ça et gagne l'ombre du cloître si tu veux retrouver un semblant de paix intérieure. Ton instinct qui te pousse à fureter par ci par là t'a pourtant sacrément fait défaut le jour ou tu en aurais eu le plus besoin.

La fille du bar qui n'entendait pas s'arrêter en si bon chemin me sortit de mes ornières et me ramena sur ses terres :

— Bienvenue à Sauveterre dit-elle en m'offrant un demi, d'autorité. Lorsque vous serez à nouveau en perm de votre abbaye, venez vous rafraîchir à la terrasse. Vous savez dans l'arrière-saison on chasse le client, ajouta-t-elle pour se dédouaner de l'invitation.

Dans leur recoin enfumé les jeunes blaireaux secouèrent une dernière fois l'appareil, râlant après ses mauvais services et sortirent en se bousculant pour ne pas rater le film à la téloche.

— Salut Mauricette, salut les vieux, salut curé !

Petits cons va. Chacun haussa les épaules. Ils se dispersèrent en ricanant, sans se presser, en habitués de la maison. Leurs bécanes s'affûtèrent quelques instants dans le suraigu, de quoi faire tinter les verres à dentier sur les tables de nuit des partisans de Légitime Défense. Ornella alla débrancher le flipper. Caleçon coton gris perle ras les chevilles, large T-shirt échancré fait pour dévoiler l'épaule, tennis bariolés. Bel ensemble tissu – chair mate.

Je me retournai vers les retraités. Celui que ses compagnes pomponnées appelaient Stanislas, racontait d'une voix de ténor et forces envolées de mains, une ténébreuse affaire de contrats rompus alors que, justement, si je saisissais bien, il était au sommet de sa gloire. Un ancien du bel canto monsieur Stanislas, canotier et canne à pommeau, ayant tourné cabaret à la fin de sa carrière en reprenant à son compte les chansons de Ray Ventura.

Comment ces mousquetaires avaient-ils échoué dans ce patelin du bout du monde ?

Je laissai tomber l'énigme, trouvant que ça suffisait pour aujourd'hui.

À la radio, la Gainsbourg susurrait un de ses vieux hit : « Fuir le bonheur de peur qu'il ne se sauve ». Je me sauvai.

— Hé, comment vous vous appelez ?

Ornella n'y allait pas par quatre chemins.

— Boris. Victor Boris. Je vous expliquerai peut-être un jour. Allez salut.

— Hé ?

— Quoi encore ?

— Jetez un coup d'œil sur l'enseigne avant de partir.

Par dessus mon épaule je déchiffrai la plaque rouillée que le vent sec qui s'était levé faisait grincer : LE SAILOR.

Incroyable ! Qui avait osé surenchérir et baptiser ce bar en plein océan de pierres « Le Marin » ! Et du meilleur, de l'anglais ! à 800 mètres d'altitude. Je pigeais mieux son sourire lorsque j'avais comparé le bled à Port-Grimaud.

Si je voulais la paix, il fallait vraiment que j'évite ce genre de complicité féminine. Je tournais le dos aux rencontres imprévues, à l'Italie, aux petits vieux naufragés et partis vérifier si le père Gabriel s'était assoupi sur son missel ou sur son fax.

*

La fatigue s'accrochait à mes épaules comme une compagne délaissée en fin de soirée. J'en fumais une dernière dans le noir, allongé sur la paillasse futon, l'oreille au diapason des grillons qui concertaient sur mandolines et crécelles. Les massifs de fleurs arrosés à la tombée du jour rendaient une fraîcheur ambrée. La terre n'était pas chienne quand on la traitait bien. Je me sentais l'âme branchée harmonie universelle. Un humanisme de patronage sur fond de rêveries de boy-scout. Je me repassais au ralenti la séquence en gros plan du regard d'Ornella par-dessus le comptoir. Loin de m'apaiser, ce remake de «t'as de beaux yeux» m'incitait à d'autres vagabondages de l'esprit. Et du coup le petit noir tardif fit le reste. Je me levai à la recherche du sommeil.

Face à la lune, la nuit avait abdiqué. Au bas du jardin, le long de la clôture, à terre pour cause de travaux, des buses de béton rangées le long d'une tranchée, attendaient sagement l'eau pour la conduire jusqu'aux bassins en contrebas. Un peu à l'écart, au bord de la route goudronnée, une pelle mécanique lançait son godet luisant vers les étoiles.

C'est en faisant demi-tour que je butai sur le corps. Je mis quelques secondes à émerger de mes rêveries érotico-mystiques. Il n'y avait plus rien à faire d'ailleurs. La terre avait éponge tout le sang et n'en avait pas rougi pour autant. Le jeune gars gisait les bras en croix, tête de côté, le temporal gauche enfoncé, avec en prime une sale plaie à la joue. Je me retrouvai à genoux pour voir de près sans rien toucher. Un savoir qui ne s'oublie pas. Yeux tuméfiés,

24

bouche baveuse grande ouverte sur la langue gonflée. Il avait été sérieusement arrosé de lacrymo avant d'être assommé, exécuté plutôt.

Je restai sur mes gardes. Le *baba* pour éviter le même sort des fois que celui qui ne l'aimait pas ne m'aurait pas aimé non plus. Mais tout était calme. Le tracto-pelle dans le lointain se prenait pour une girafe des savanes. Pas un bruit suspect. Que de l'insecte insomniaque. Du revers de la main je touchai le front. Tiède encore. Pour un peu je croisai l'assassin ! Anneau à l'oreille, pin's Lavillier au blouson, trois points « mort aux vaches » tatoués sur les phalanges, chaussures de chantier aux bout renforcés. Vingt ans tout au plus.

Et alors là un relent de fiel me submergea, une hargne de pit-bull faillit me faire péter les mâchoires.

Merde, la paix ! J'étais venu chercher la paix ! L'oubli. Tout mais pas ce que je connaissais trop, les corps éclatés, l'odeur pisseuse des cadavres. Plus rien à foutre de tout ce fatras. Si la mort me collait à nouveau aux basques, il fallait foutre le camp, me casser, vite. J'effaçai les traces de mes pas et remontai en courant vers ma chambre, avant de sauter dans ma D.S. Et salut la compagnie !

Et là un petit quelque chose me retint. Oh trois fois rien. Que du très flou. Un éclair de malice dans une prunelle italienne ? Allez savoir. Je stoppai mon élan, enjambai la fenêtre de ma piaule et m'affalai sur la couchette. Tout était calme ici. Dans ma course j'avais dû écraser quelques grillons malchanceux, c'était là tout le drame. Pas plus compliqué que ça, il suffisait de nier. Je n'avais rien vu. Que des insectes bavards dans la garrigue. La vie allait reprendre son tempo d'horloge comtoise. J'attrapai la petite flasque d'argent dans mon sac. La vodka c'était au cas où et là c'était un sacré cas où, un chaos, un K.O. complet. Je sifflai l'Absolut avec application, sans état d'âme, guettant la brume.

Le Sailor rompit ses amarres, s'en fut fièrement comptoir au vent retrouver les courants qui menaient au grand large. Pas d'homme mort dans mes rêves. J'avais relégué le cadavre dans le lot des rencontres improbables, celles qui pouvaient très bien n'avoir jamais eu lieu.

*

Les moustiques appréciaient la saveur de ma peau de slave. Piqués, loopings dans les suraigus, figures imposées et crash au finish.

Dans le brouillard de mon sommeil je crus que le meeting aérien se déroulait à Brazza et je cherchai d'une main de plomb l'invisible moustiquaire. J'atteignis la fenêtre au radar. À première vue il y avait plus de képis bleus que d'anophèles autour des bassins de l'abbaye. Fin du rêve africain. Atterrissage à Roscodon.

J'essuyai à la hâte les traces que j'aurais pu laisser sur le mur et me reculai de quelques pas. Toujours le même principe : voir sans être vu. Gyrophares et képis. Silhouettes qui s'agitaient du côté de la tranchée. Pas de doute, on s'occupait du corps.

Deux frères, robe de bure au vent, remontaient d'un pas pressé l'allée de graviers, avec un grand échalas de gradé flottant dans son uniforme qui discutait ferme avec le père Gabriel. Je le détaillais. La soixantaine décharnée, une tête d'aigle sur un corps de héron, nourri de certitudes et d'un seul repas par jour, pain et légumes. Un directeur de conscience trop décharné pour qu'on se confie pleinement à lui. Pour entendre soupirer l'âme de son prochain il faut une certaine épaisseur. La vie est faite de chair, de gros péchés qui ne pensent qu'à ça. Les os n'ont pas d'imagination c'est bien connu. Il pouvait pas comprendre les tentations. Ça m'ennuyait qu'il connaisse une partie de mon passé. D'instinct je voulais ne rien lui devoir; comme ça, sans raison précise. J'avais le nez pour ces choses-là. Mais c'était simple de l'éviter. Je payais le calme, les murs ocre, la solitude. Chacun chez soi, chacun pour soi.

Quoique ça repartait mal pour la solitude. Une brochette de nouveaux visages me faisaient la nique, surtout celui du tatoué à la boucle d'oreille, aussi salement massacré que sur un trottoir de Manille. Maigre consolation pour un fan de Lavillier. C'était pas mon truc de m'apitoyer pas plus que de témoigner. Aux curés de pardonner, aux flics de trouver, à moi d'évacuer les lieux pour la journée, le temps que l'effervescence retombe. La mort c'est comme un soufflé, dès que ça refroidit, ça perd tout intérêt.

Les ambulanciers, brancard plié sous le bras, arrivaient côté cour suivis par le père Gabriel et le gradé : le caducée, le goupillon et le sabre. Funèbres Rois Mages. Tant pis pour le petit dèj que j'avais l'habitude de prendre tranquillement au cabanon du jardin. Il était temps de mettre les bouts.

Je partis à pied à travers la garrigue, griffant mes groles à un ersatz de verdure. Une forte odeur de mazout et un ronflement sourd montait du côté du bassin. On déplaçait la pelle. Je hâtai le pas. J'étais pas venu ici pour inhaler ma dose de CO_2 rural.

Je retrouvai cette merveilleuse senteur sèche qu'offrent les matins du Sud avant que le plein soleil ne l'aspire. Un mélange de rosée perlée, de craie de tableaux noirs et d'huile de cade. Un cadeau du ciel, sans curé, sans flic, sans cadavre, sans mémoire. Rien que de l'immédiat dans la narine. Je dérangeai un lapin au cul ciblé de blanc, débusquai un couple de perdrix kamikases, droit devant, ça passe ou ça casse, bousculai de gros lézards vert et jaune, avortons d'une couvée de dinosaures. Un climat propice aux vipères. Soleil pour le sang froid, rocaille pour la planque, sauterelles et grillons pour la bouf. Mais la brousse m'avait vacciné de cette crainte-là.

Le manque de kawa se fit sentir. Je bifurquai vers un chemin de terre et gagnai l'ombre d'une sorte de tertre où des buissons souffreteux avaient pris racines. L'innocence est bien récompensée. À peine allongé, tournant la tête vers un frôlement que j'avais pris pour la fuite d'un garenne, je restai baba ! Quatre nudistes, femmes oh ! sans aucun doute, suaient à capter un max de soleil sur la plus grande surface de leur épiderme. Réflexe d'enfant fautif je m'écrasai au sol au mépris des épineux, me relevant aussitôt sur les coudes pour contrôler si je n'avais pas la berlue. Dans un certain sens je l'avais. Rien à voir avec les canons qui avaient hanté mon esprit fiévreux d'adolescent, les Bardot, Demongeot, Marina Vlady et autres plus anonymes, ma prof de français en 5e ou Edwige l'amie de ma mère qui m'accompagnait aux bains de mer. Rien à voir avec ces stars, ou alors si, ces mêmes femmes avec leur âge d'aujourd'hui, revêtues de leur nudité de la soixantaine et même largement plus. Vraisemblablement des potes du trio de retraités du Sailor.

Les quatre grâces en étaient à l'heure des grandes suées.

Pas de parlotte, pas d'échange superflu. Trop de chaleur à emmagasiner, trop d'attention centrée sur la production de mélanine. À cet âge elles ne craignaient plus le mélanome malin. L'une d'elles s'agita, se redressa et se mit à tartiner avec entrain le dos de sa plus proche copine. Je n'eus pas envie de rigoler, pas envie de détailler les flétrissures de ces corps nus, offerts avec la même impudeur que s'ils avaient vingt ans. Elles avaient le droit de plaire, de faire la nique à l'avancée du temps, de se préparer à de nouvelles séductions, de nouvelles tromperies, d'être dans la course de la vie, sur l'avant-scène loin de la fosse d'orchestre, pour un nouveau tour de piste.

Mais je n'étais pas seul. D'autres planqués, moins subtils agitaient les bosquets de l'autre côté de la butte. Des rires de collégiens fusaient d'entre les branches basses. C'était foutu pour la discrétion. En un instant le film s'accéléra.

La grosse fausse blonde préposée à la garde anti-mateur poussa un cri strident. Telle une famille de marmottes surprises par l'aigle des cimes, ses compagnes se jetèrent sous leurs serviettes. Deux jeunes héberlués, jaillirent des fourrés, hiboux voyeurs paralysés par le flash d'un projo.

Je reconnus l'un d'eux pour l'avoir vu la veille malmener le flipper à coup de latte. L'esprit vite d'aplomb, il m'apostropha :

— Alors curé on z'yeute ?

Petit morveux avec son épithète à la con. Avant qu'il ait compris ce qui lui arrivait il avait les deux jambes ceinturées.

Saut tendu dit de l'arbalète comme à l'entraînement !

— Mais m'sieur on fait rien de mal !

Derrière moi les Sisters Mélanines drapées dans leur dignité et des paréos de chez Tati refaisaient surface. Furies outragées, elles gagnaient le ring armées de sacs à main vengeurs. À présent parées de leurs atours, elles étaient grandioses. Rien n'était laissé au hasard. Chaque pièce de leur toilette renvoyait à une parure, chaque parure à un surplus de maquillage. Une scène de Renoir rewritée par Fellini. Un digest d'anthologie du ciné ! Et pas muet ! Ça hurlait de plus belle !

Le gars me surprit. Le 7e Art c'était pas son truc. Son coup de boule me fit vaciller. Je n'étais pas de cette génération qui frappait d'abord. J'appliquais la riposte graduée. Totalement out de nos jours. Le temps que je me ramasse il s'était fait la malle avec son pote, prenant le temps de se retourner pour m'envoyer deux doigtés des fois que j'en oublie un.

Exit la jeunesse rebelle.

Fin de partie. On se sourit un peu gênés. L'altercation m'avait rendu ma crédibilité. Je n'étais pas du côté des mateurs. Un énorme fou rire me prit lorsque Pamela, la blonde plantureuse rajusta sa perruque. Sous son toupet mal ajusté elle avait un joli visage rond de mamie, de celles qui connaissent les justes proportions pour réussir les tartes de poires au chocolat et les mots pour calmer le chagrin des petites filles. Pourquoi ces sursauts de coquetterie qui les rendaient si fragiles et alimentaient ce bon dieu de fou rire que j'essayais d'atténuer par une série d'éternuements bidons !

— Venez nous voir au Village-Vacances. Ça nous fera

tellement plaisir. Vous êtes un peu notre chevalier servant après tout, le rempart de la vertu de ces dames !

Coquettes va ! Mi-figue, mi-raisin, elles se marraient. J'aimais mieux ça.

J'appris qu'à quelques encâblures de là, à la sortie de Sauveterre, côté canyon, se nichait le très officiel « Village-Vacances de la Caisse de retraite des gens du spectacle et affiliés », au lieu dit les Hauts-du-Maure très exactement.

Je me fis répéter deux fois l'intitulé complet de cet Eden ! « et affiliés » oh ! comme j'aimais ce « et affiliés », porte ouverte à ceux qui toute leur vie avaient cotoyé les scènes sans s'y hisser, ceux qui dans l'ombre avaient assisté les grands de ce monde en toc et tuc, les maquilleuses, coiffeuses, cousettes, faux Monsieur Gabin au cas où le vrai aurait un lumbago, petites sœurs de Gloria Lasso, éclairagistes de l'ombre, régisseurs de maison de quartier à Malakoff.

Et ils étaient là, dans cette campagne torride, loin de la mer et du public dont ils avaient rêvé, racketés par la Caisse de retraite, je m'occupe de tout si vous me versez tout, signez là. Elles m'étaient de plus en plus sympas ces étoiles d'un autre âge ou sans âge. Je leur promis de passer un de ces jours et on se quitta très grands de ce monde, au revoir mesdames, au revoir monsieur, elles sûres que j'avais déjà oublié les mystères affaissés du gynécée, moi attendri par ces destins dérisoires camouflés sous des paillettes et des strass mal ajustés.

On se quitta sur un coup d'eau de Vals. Et oui, elles en avaient aussi dans leur cabas pour s'asperger le visage. Ça empêchait les rides, si, si. Je ne répondis pas. Elles venaient de faire basculer en quelques secondes mes certitudes enfantines. Bien vu mesdames. Tchao.

Je repris ma balade. Mon esprit gambergeait, se prenait les pattes dans cette étrange toile d'araignée qui au détour des garrigues piégeait les communautés, frères de l'abbaye, jeunes du Sailor, retraités du spectacle. Et d'autres peut-être. Si la scène grand-guignol avec ces dames s'était pas trop mal terminée, celle de la nuit avait tourné au vinaigre. Et au sang.

Pour quelles raisons? Question sans émotion. Le destin des autres m'était indifférent. Le jeune mort de la nuit ne m'intéressait pas plus que ça. Ça ne menait pas à grand-chose de s'intéresser aux morts quand on les connaissait, alors pour des inconnus ça ne menait vraiment à rien.

*

J'arrivai au Sailor presque sans l'avoir voulu, juste en poussant un pas après l'autre, la gorge en feu, aussi coloré et pétant de santé qu'un Hollandais sous les premiers rayons de l'été.

On se pressait au Sailor. Les deux générations qui me saluèrent de la tête et le beau monde de l'après-midi : boulistes en fin de partie, facteur en fin de tournée, chômeurs en fin de droit.

On s'occupait plus à parler qu'à boire. Le mort de la nuit était à la une de toutes les lèvres mais mezza voce. Trop tard pour battre en retraite. Ornella m'apporta un sandwich, un demi, et s'assit en face de moi les yeux bien plantés dans les miens. Pas un regard de questionneuse. Une façon de faire amie – ami. Pour quelle raison bon dieu ? Elle se trompait d'histoire l'Italienne. Elle s'imaginait quoi ? Que j'étais détective, grand blessé du cœur ?

Je pris les devants, tutoiement à l'appui.

— Tu es au courant de ce qu'ils racontent au comptoir ?

— Comme tout le monde ici. La mort de Julien est déjà inscrite sur les tablettes de la commune, chapitre énigme de l'abbaye.

Ah bon il avait un nom le cadavre ? Je l'aurais préféré anonyme.

Elle jeta un coup d'œil à mes pompes.

— Tu t'es promené dans la garrigue ?

Et alors là je ne sais pas ce qui me prit, mais je l'envoyai sur les roses côté épines.

— Quel rapport ? Quelle importance ?

Son regard se durcit. J'étais à côté de la plaque. Elle s'en foutait de ce que je pouvais faire, d'où je venais, et où j'allais, mais si je n'étais pas capable d'échanger deux mots sur le fond de l'air, frais ou pas, ce n'était peut-être pas la peine que je perde mon temps au Sailor.

— Chez moi c'est vivant. On parle, on dit du vrai et du faux, on se dispute, on colporte des bobards ou on invente de belles histoires, on s'épanche, on se fait plaindre s'il le faut. Mais c'est pas les caves de Saint-Germain on rame pas tout seul dans son coin, trip solitaire, lunettes noires et le monde on s'en fout. Pour ce genre de clients, il y a les bars de la placette.

J'avais rien à répondre. Je répondis rien. Elle retourna au comptoir en hochant la tête. À chacun sa sensibilité, on n'était pas là pour s'engueuler comme un vieux couple. Je me détendis.

Près de la fenêtre, installé comme à la Coupole, Stanislas tenait conversation à sa belle, rajeunie hélas par un caraco-bustier en Vichy rose années 60 agrémenté de volants qui s'échouaient comme des vaguelettes sur ses épaules bronzées. Ça devait être l'occupation essentielle de ces dames, le bronzing.

Par-dessus leurs tasses de thé ils avaient l'air eux aussi de s'envoyer quelques vérités au visage.

Le ton montait. Stanislas perdait pied, se justifiait de je ne savais quelle attitude déplacée ou quel péché véniel. C'était drôle. J'avais un faible pour ces anciens deuxièmes rôles qui ne démissionnaient pas, qui se cherchaient noise comme à vingt ans, pour un coup d'œil de trop à la copine ou un penchant trop marqué pour la liqueur de Verveine du Velay qui titrait quand même ses 40°.

Je saisis au vol quelques phrases. Il était question de colliers, de bagues, de bijoux égarés et de confiance perdue. Il portait beau le Stanislas : l'injustice des sexes. Tout de blanc vêtu, « Mort à Venise » avec quelques années de plus, un rien d'élégance méprisante à la Sacha Guitry avec aux doigts deux grosses chevalières tape-à-l'œil. Mais le lustré du tissu dévoilait les batailles quotidiennes que livrait le chanteur de bel canto pour garder en état son dernier costard. Ses chaussures à l'italienne étaient formidables. Un talon bien marqué et un dessus vernis dans les tons crème cassis qui reléguaient les santiags de nos amis de la babasse dans l'univers froid des modes sans âme.

C'était lui le branché, le dingue du look, le roi de la farfouille qui avait été capable de dénicher au fond de la boutique d'un cordonnier de Digne ces pompes bi-colores oubliées par un curiste fauché qui avait laissé au Casino ses dernières rentes Pinay, comme ça, posées directos sur le tapis, juste sur le numéro qui ne sortait jamais.

C'était pas dans les habitudes du Sailor que ces deux là s'engueulent.

Les autres s'étaient tu peu à peu et écoutaient. Ils étaient, face à face, au théâtre ce soir en direct, arguments contre arguments, mais c'était là leur classe, sans un geste de trop. Le ton bien timbré mais pas de violence à l'horizon. Une leçon pour nos petits jeunots qui se lassaient déjà du spectacle et décidaient de reprendre les choses en main en faisant claquer des sous dans la machine à sons. Je leur sus gré de choisir le come back de Bashung plutôt qu'un rap de banlieue. « Osez, osez, Joséphine », disait l'autre.

J'osai et allai droit au juke, car il y avait dans la bande, fièrement campé dans ses baskets, Kamel le hibou des garrigues, le mec au coup de boule.

Dans ces cas-là, je suis pour le contact immédiat. Pas de passif. En une fraction de seconde on se neutralisa du regard jouant la même carte des sportifs de l'embrouille. Soit.

Il admirait mon plongeon réflexe. « Chapeau », dit-il. Je ne le félicitai pas outre mesure pour sa technique de défense, bille en tête, et mis les choses au point. Je me fichais pas mal qu'il zieute avec ses potes les rondeurs des mamies du Spectacle et affiliés, mais qu'il laisse tomber une fois pour toute les épithètes foireuses à mon égard.

— Encore une fois « curé » et je passe à la phase deux du manuel de combat rapproché, celle où je casse.

— O.K., O.K.

— Comment on t'appelle ?

— Kamel !

— Victor Boris !

Je connaissais le savoir-faire des brèves rencontres de bistrot. J'offris les demis. Un bock chassant l'autre, il devint avec ses copains prolixe de confidences. Oh rien de très pointu, un digest de l'ambiance du patelin. L'araignée des communautés avait encore plus de pattes que je ne le pensais.

— Julien on le connaissait pas, enfin on le connaissait juste comme ça, comme les autres Marseillais.

— Les Marseillais ?

— Ben oui, ceux de Lapalud.

Ils étaient désarmés devant tant d'ignorance comme des mômes qui n'ont pas idées que ceux qui vivent ailleurs n'ont pas forcément les mêmes repères qu'eux, et qu'ils peuvent très bien n'avoir jamais entendu parler de « ceux de Lapalud ». Si je leur avais dit que pas plus tard qu'hier j'ignorais l'existence du Sailor ils en seraient tombés sur le cul !

Une de la bande, Nadia, modifia sa moue qu'elle travaillait au rouge sang dès qu'elle avait franchi la porte de chez ses parents, pour ouvrir la bouche et me mettre au parfum.

— Ils sont placés par la Justice, tu vois, parce qu'ils ont fait des conneries, pas des trucs graves du genre meurtre ou viol, non de la chourave ou de la dope, nous on n'a rien contre, mais c'est eux qui se prennent la tête parce qu'ils sont de Marseille et que nous on est des péquenots de Sauveterre. Y se prennent pour Spaggiari, mais c'est des minables parce qu'ils se font pincer.

On ne l'arrêtait plus. Tous acquiesçaient. Sa copine Yasmina qui investissait aussi dans le stick vermillon avec le même coup de cœur pour Béatrice Dalle, prit la relève.

— Ce qu'elle t'a pas dit c'est que pour les calmer on les fait travailler sur des engins de chantier, tu vois des pelles mécaniques, je sais pas moi des trucs pour creuser des tranchées.

L'autre reprit :

— Tu déconnes, c'est pas pour les calmer, c'est pour qu'ils apprennent un métier, mais c'est bidon, la preuve il s'est planté avec sa pelle le Julien.

Là je fis répéter.

— C'est le brancardier Jimmy, un pote à Kamel, qui l'a dit. Le godet de la pelle lui a arraché la joue et le crâne, même qu'ils ont dû déplacer l'engin pour pouvoir retirer son corps. Il paraît que c'était dégueulasse à voir et…

Elle continua à étaler devant le public attentif, et ce pour la troisième fois depuis le matin, les détails de l'accident. Rien que du croustillant. Car à présent, c'était clair, il s'agissait d'un accident ! Merde alors je venais bien d'entendre. Au petit matin le corps avait été trouvé coincé sous la pelle !

J'eus un bref instant de doute sur ce que j'avais vu la nuit dernière. Pas de panique, Alzheimer et moi on s'était jamais rencontrés. Le cadavre gisait bien les bras en croix, le visage tuméfié par la lacrymo, et la pelle était bien à quelque 100 mètres de là. Non seulement à Sauveterre on tuait en loucedé mais on maquillait les crimes. Sauveterre, village étape sur le chemin de l'oubli. Roscodon, havre de paix et de recueillement. Tu parles !

La nuit était tombée. Le vieux couple d'amis avait délaissé son boudoir pour se réconcilier autour des plateaux-repas du Village-Vacances.

Je m'accoudai à l'autre bout du comptoir, les yeux dans le vague, vaguement énervé. Il était en train de m'arriver ce que justement je ne voulais pas. Être mêlé aux embrouilles qui secouaient le bourg. Faits divers boiteux, indices foireux, suspicions, mauvaises odeurs. Calmos. Après tout, j'étais le seul à connaître la version non expurgée. À part le maquilleur du crime bien entendu. J'avais qu'à continuer à la fermer. Ça resterait un accident de chantier si le légiste n'était pas trop regardant. Rien de plus banal après tout. Et la rubrique nécro du *Méridional* titrerait « Un délinquant mort d'un accident du travail ! » Assez rare pour qu'on en cause un peu ! Ouais ! mais que faisait cet apprenti conducteur au petit matin, au bord de la tranchée ? Un besoin pressant de réviser la check-list de la mise en route de l'engin ?

J'étais déçu de voir avec quelle facilité je me laissais à nouveau emporter par les événements alors que depuis tant de jours je tordais le cou à l'imprévu et aux émotions. D'avoir lutté pour des prunes ça me rendait un peu triste, surtout que le final du scénario c'était forcément moi contre moi. De toute façon un des deux serait perdant. Ma tronche s'allongea, ça devait se voir.

Ornella qui s'y connaissait en angle d'attaque lorsqu'elle le voulait bien passa sa voix sur mon front.

— Tu me dis le pourquoi de ton prénom Victor Boris ?

Ses cheveux s'éclataient dans tous les sens, mais son regard de femme de Sailor tenait la barre.

Je laissai tomber mes pensées foireuses. D'être doublement témoin d'un crime ne me rendait nullement redevable de la vérité.

— Tu sais les prénoms c'est les parents. Mon père était

Bulgare, féru de culture française, la Révolution, les Droits de l'Homme, *Les Misérables,* Hugo, oui Victor Hugo le bon papa de Jean Valjean qui sautait les soubrettes pour adoucir son exil, enfin bref un visionnaire de son temps avec un prénom magnifique. Mais mon père aimait aussi son pays natal et il hésita. Écartelé comme tout immigré il ne sut pas choisir. Boris III était roi des Bulgares comme Victor Hugo roi de la pensée humaniste. Va pour les deux, le petit s'y reconnaîtrait ! Victor Boris une charge fantastique pour des épaules d'enfant, l'Europe de Brest à Varnia. Gamin, je feuilletais mon acte de naissance rédigé en cyrillique avec le respect dû aux icones. Du gribouillis de dyslexique, disait ma mère qui aimait l'homme mais pas sa culture. Et voilà, je suis tombé dans les symboles quand j'étais petit. Pour clore ce chapitre, sache que mon père était servi par une voix de baryton et que quand il lançait par dessus la table « Victor Boris » en roulant les R comme un prince tsariste, mon sang restait en suspend dans mes veines et ma cuillère au-dessus de l'assiette de potage.

Elle m'écoutait avec attention et distance sans avoir l'air de vouloir me piéger. Je n'en avais jamais autant dit à une femme depuis, depuis ? Oh, qu'importait ça aussi.

Je perdais pied depuis 24 heures. Tout allait trop vite. J'amorçai un retrait, feignant de me détacher de ce que je venais de dire. Elle se permit pourtant d'ajouter encore quelques mots.

— C'est surprenant comme prénom Victor Boris. Il te va bien.

Rien de plus, mais rien de moins non plus.

On resta un moment sans rien se dire, sans rien faire, chacun de son côté du comptoir, alors que la salle se vidait.

Kamel me tapa sur l'épaule.

— Salut Victor Boris.

J'étais un peu trop bien intégré au Sailor pour un contemplatif en convalescence.

Je regagnai dare-dare l'abbaye disant bien haut pour qu'elle l'entende tout bas que le lendemain je ne passerais pas. Une retraite ça se cultive avec sérieux. Pas à deux.

*

Cultiver, cultiver ! À propos de culture, les frères de Roscodon en connaissaient un brin ! Leur jardin était un miracle de botanique enchâssé dans une tourmente de pierres, une île tropicale ancrée au quai du cloître, échoué en pleine terre. Chaque massif avait sa raison d'être, chaque espèce laissait ses couleurs à la composition florale qui narguait l'aridité du paysage. Ces jardiniers inspirés par la foi avaient su allier plantes soft et buissons hard, soie et épines, anges et démons, du grand art.

En quelques jours je repris mes marques, retrouvai ma pointure. Dès le petit matin, remontant lentement l'allée centrale de l'Eden sans serpent j'allais partager mon café noir avec le frère jardinier, simple comme la marjolaine, qui répondait au prénom de Marcel et dont l'accent était nourri du parler d'Argenteuil. Peut-être un fils de bistroquet qui pour embêter papa avait découvert Dieu derrière les rangées de bouteilles ou un ancien métallo de l'île

Seguin dont les boulons avaient pété. Allez savoir au juste quelle dérive se cache sous une soutane ! Il aurait pu tout aussi bien biner la cour d'honneur du Lycée d'État de Vierzon ou les jardins de la préfecture d'Alençon, mais la main de Dieu l'avait placé là, à Roscodon de Sauveterre.

Derrière son visage rond, tavelé par le soleil, il y avait un savoir étonnant. Il ne cherchait pas à en imposer le frère Marcel, mais il savait glisser au bon moment les mots savants qui prenaient vie sous mes yeux.

Ah, l'Iris Pseudacorus avec sa robuste hampe et l'éclat jaune vif de ses pétales languissants. Ah, le Cypripedium Calceolus, l'orchidée aux deux étamines, notre timide Sabot de Vénus des bosquets alpins ! Et moi, bon public je m'asseyais à ses côtés, attentif, admiratif, cigarette au bec, laissant son latin de banlieue illuminer les heures odoriférantes. Je me réconciliais avec le monde entier qui ne pouvait être que bon et généreux.

Le frère Marcel reconstituait du terreau pour ses protégées en touillant calcaire, marne, argile et des algues spécialement récoltées par les moines de la baie Saint-Michel. En retour il expédiait à ses amis bretons les planches de « L'Herbier de Roscodon », car telle était la vocation de l'abbaye : reproduire sur papier parcheminé les fleurs précieuses qui s'épanouissaient au jardin.

Combines et magouilles n'avaient pas droit de cité à l'ombre de l'art cistercien dont les plus beaux fleurons jalonnent Provence et Alpilles : Thoronet, Sénanque, et Roscodon.

Vraiment j'avais eu tort de m'affoler l'autre nuit. J'étais bien dans un havre de paix, à l'abri des tourments de ce bas monde. Les cadavres ne choisissent pas leur terre d'exil et le môme Julien, en fouinant, s'était vraisem-blablement pris les mauvais coups d'un autre rôdeur. Les vieilles demeures attirent souvent des voleurs de poules plus dangereux que les pros de la cambriole. Ils s'éner-vent pour un rien, craignent leur ombre et dégainent avant d'avoir pigé.

Ignorant mes pensées, le jardinier d'Argenteuil conti-nuait à marmonner dans son double menton, comme si mon attention lui était acquise pour l'éternité. Il sirotait son café avec le détachement d'un prince des orchidées. Je me faisais l'effet d'un baroudeur balourd, encombré de questions oiseuses et de soucis de charcutier.

Je me levai en douceur pour ne pas casser son mono-logue qui virait à la méditation, longeai un épais massif de lavande qui bleuissait les vestiges du chapitre effon-dré, enjambai une haie d'hisbiscus qui faisait frontière, m'approchai à pas de loup de l'atelier de reproduction, à l'écart des bâtiments neufs qui abritaient ma chambre, et jetai un coup d'œil par la baie vitrée.

Deux tonsurés planchaient sagement courbés sur des tables à dessin, modernité au service de l'intemporalité. Mixtures et onguents avaient cédé la place aux couleurs de chez Lefranc et la bave de crapaud coulait des rötrings. Les ciseleurs de pédoncules s'étaient tout de même laissé déborder par le désordre. Ça allait si bien aux antres d'artistes ! Des plantes séchaient sur des cordes tendues comme du linge dans les ruelles de Naples, des esquisses s'entassaient sur des tables à tréteaux, des repros ornaient les murs. Oh, pas des girls à nichons à califourchon sur les pneus d'un quinze tonnes, mais des tableaux de maîtres comme si les saints forçats du pinceau voulaient s'inspirer des canons de l'esthétisme : Bruegel, Rouaut, Gauguin, et même une parfaite, très parfaite toile de Matisse, que j'aimais bien, une version des «poissons dans l'aquarium posé sur une table de jardin à Antibes». Presque aussi vraie que nature.

Je me tenais légèrement en retrait de la baie, discret témoin de cette alchimie monacale, le dos caressé par les rayons du soleil matinal.

Il y a parfois des instants de grâce que nul n'oserait troubler. On osa.

La main du trublion posée sur mon épaule avec une impérative insistance me fit pivoter sur moi-même.

— Cher Victor Boris vous allez au-delà de l'espace imparti à nos invités. Revenez avec moi vers le cloître.

Le père Gabriel à qui appartenait cette pogne de camionneur et ce phrasé mielleux me décrocha un sourire horizontal, entre souffrance et rictus. Mais un sourire tout de même.

Décidément je n'arrivais pas à sympathiser avec le patron de Roscodon.

— Vous comprenez, ajouta-t-il, je suis enchanté d'accueillir les hôtes qui me sont recommandés à l'abbaye mais il faut que je veille à la tranquillité des lieux.

Langage châtié sur mine de faux-cul. Je bredouillai quelques excuses tout en enjambant dans l'autre sens la haie d'hibiscus.

— Un de ces jours je vous ferai visiter l'atelier. Nos reproductions sont réputées dans le monde entier. Non seulement nous sommes en passe d'égaler la notoriété de la «Flore des îles Britanniques» surtout pour ce qui est des plantes à fleurs communes, mais nos frères botanistes sont aussi des artistes et les planches de notre «Herbier de

43

Roscodon » trouvent places aux murs des salons de bien des demeures. Jusqu'à ceux des cabinets ministériels.

Le père Gabriel avait le droit d'être fier. Il n'y avait rien à redire. Mais son insistance à me raccompagner au seuil de ma chambre m'agaça. Le syndrôme de l'affaire Julien sans doute. Ce n'était pas tous les matins que ce végétarien découvrait de la viande froide sur ses terres. Ça l'avait rendu méfiant l'abbé. Raison de plus pour l'asticoter. Je m'y risquai :

— Avez-vous su le mot de la fin, si j'ose dire, pour ce malheureux jeune homme ?

Pas un muscle de son visage ne bougea.

— Un accident. C'est la conclusion à laquelle est arrivée la Gendarmerie. C'est un de Lapalud. Un jeune qui devait vouloir dérober l'engin. Il n'y a pas de mois sans qu'il y ait une alerte à la fugue. Que voulez-vous, ils sont de la ville et ne s'habituent pas à notre campagne. Je suis désolé que ça dérange votre retraite. Vous êtes ici pour vous reposer non ?

Je pigeais. Circulez, y a rien à voir. C'était d'ailleurs mon intention. Mais tout de même, le coup de godet sur le temporal, j'étais bien placé pour savoir que c'était pas la bonne raison. Il savait quoi au juste ? Roscodon devait retourner à sa quiétude. Moi à ma cellule. On se quitta avec un rien de froideur. Pouvais-je demander à un descendant de saint Benoit d'être un franc rigolo ?

En fin d'après-midi je m'autorisai une sortie en ville. La convalescence était solide. Je n'irai pas m'accouder au zinc du Sailor.

Je remontai la rue principale, jetai des coups d'œil

44

amusés aux vitrines des petits commerces, drogueries, merceries, toutes plus ringardes les unes que les autres. La modernité n'avait effleuré que ceux de la placette. Là c'était du clinquant, de l'astiqué, de l'interchangeable. L'antiquaire avait hésité et donnait dans le rétroclean. La soie rose des étagères faisait péter l'éclat des étains, des vases en pâte de verre et des sempiternelles séries de couverts en argent.

Dans une panetière en osier, bijoux, bracelets, bagues et pendentifs, sans doute des copies d'ancien, attendaient le client.

Un voiture stoppa bruyamment dans mon dos. La portière claqua. Dans le reflet de la vitrine, une silhouette tassée. Un petit homme épais engoncé comme un fonctionnaire de sous-préfecture dans un costume largement croisé sur une cravate club trop large.

Après m'avoir frôlé, il s'engouffra dans la boutique de l'antiquaire comme en terrain conquis déclenchant le «Ring my bell, Ring my bell» du carillon.

La patronne qui l'accueillit avait dû être livrée avec la boutique. Un fourreau très couture deuxième main mais bien porté, deux rangées de perles sur le haut d'un écrin de nibards tout ce qu'il y avait de plus correct vu son âge. Plus femme du Midi que du monde, de celles qui portent haut leurs atours et leur accent.

Embrassades appuyées, mains qui s'attardent sur les épaules généreuses. L'homme marquait ses droits. J'avais l'impression d'être attendu, d'avoir un rôle à jouer dans cette nouvelle scène, comme si depuis quelques jours je me déplaçais sur un plateau en cherchant le script.

Bon! c'était la bistroquette que je devais éviter pas l'antiquaire. Go! J'appuyai sur le bec-de-cane.

La patronne de la «Boutique d'Antan», c'était son nom, vint à ma rencontre.

— Bonjour! c'est pourquoi monsieur?

— Oh rien, de la curiosité, un coup d'œil sur les objets.

— Faîtes, faîtes, le plaisir des yeux n'entame pas le porte-monnaie.

Elle avait la répartie facile, le sens du contact et le visage plus fatigué que je ne l'avais perçu de prime abord. Un maquillage prononcé, trop de fond de teint, des artifices destinés à réparer plus qu'à mettre en valeur. Quelque chose de peuple dans l'ourlet appuyé des lèvres et dans la symétrie des barrettes d'argent qui maintenaient la masse de ses cheveux sur les tempes. Même Sheila avait laissé tombé ce look.

Je m'attardai à quelques pièces mises en valeur, un samovar en cuivre martelé, des pistolets d'ordonnance aux armes du Roy, essayai une lourde chevalière au chaton ciselé. Elle m'encouragea:

— Les bijoux ne sont vraiment pas chers. Je les mets en vitrine pour rendre service aux clients, sans bénéfice.

Le petit gros surenchérit.

— Chez Lalou, tout se loue.

— Mais non vous confondez mon cher. Ce n'est pas de la location mais du dépôt-vente.

— Je me présente dit-il, Pascal Barronet, maire de Sauveterre, conseiller général du canton.

Son visage amorti par un surplus de graisse, rançon des banquets et des fines soirées privées, transpirait la suffisance.

— Vous visitez notre arrière-pays en arrière-saison?

Décidément il fallait se fader son humour d'élu. Et moi,

avec ma manie de pousser les portes, j'étais piégé à nouveau par des questions qui m'emmerdaient. Je répondis au minimum.

— Je suis à Roscodon.

Je pouvais pas faire plus court. Hélas, le nom de l'abbaye était un véritable césame.

Les petits yeux laissèrent filtrer un sourire porcin. J'en conclus que les frères n'accueillaient pas n'importe qui dans leurs chambres d'hôte.

— Pour quelques jours encore j'espère ?

Je grognai une réponse qu'il interpréta comme ça l'arrangeait.

— Alors joignez-vous à notre soirée humanitaire samedi soir à la mairie. Nous comptons sensibiliser les responsables du département sur les opérations de jumelage de Sauveterre. Et il dégaina aussi sec un carton tout ce qu'il y avait d'officiel, bandes tricolores en haut à gauche, «Sauveterre-Solidaire» en relief doré en plein centre, et R.S.V.P. en bas à droite. Rien de recyclable dans tout ça. J'eus beau décliner l'invitation, je me retrouvai encombré d'un laissez-passer que je glissai dans la poche arrière de mon futal en me promettant de l'y oublier.

Il m'entreprit encore quelques instants sur l'importance des missions internationales pour venir en aide aux populations défavorisées car il valait mieux aider les étrangers dans leurs pays plutôt que de devoir les décevoir en leur refusant l'entrée du nôtre !

Bel argument à double entrée. Puisque je vous aime restez chez vous !

Ultime flatterie :

— D'ailleurs le père Gabriel sera des nôtres.

Ça ne pouvait que me tenir éloigné de cette soirée

sponsoring. Il commençait à me les secouer le notable du coin avec sa série de « notre » comme si on avait battu la campagne des cantonales ensemble et trempé le pinceau dans le même pot de colle.

C'était sûrement un politique averti, il avait crachoté « population défavorisée » d'un ton pédago, de quoi faire ouvrir les cordons de la bourse des petits blancs culpabilisés du coin. S'il avait su ce que j'en faisais de son pathos tiersmondiste et à quoi j'avais employé mes plus belles années en Afrique, il en aurait rabattu.

Mais j'avais avalé mon C.V. une bonne fois pour toutes.

Il sortit dans un tourbillon d'Old Spice du plus mauvais effet par cette chaleur, ce qui me réconcilia avec le Poison ravageur de la dite Lalou qui chercha à me retenir quelques instants.

— Alors vous la prenez ?

J'essayai de retirer la chevalière dorée la plus kitch de la panetière avec des initiales entrelacées sur un camée onyx.

— Ne forcez pas, tournez simplement.

Elle me prit la main et d'un simple mouvement fit glisser la bague en éclatant de rire.

— Il m'est arrivé plus d'une fois d'aider les hommes à se dévêtir jusqu'aux bouts des doigts !

Je retirai les miens vite fait. Elle comprit que j'avais compris d'où elle venait. Je les connaissais bien les filles comme elle, les pros de l'amour, câlines, dures, âpres, demi-mondaines pour la vie, mais directes et drôles. Et intuitives en diable. À je ne sais quoi, elle avait pigé que le cours de ma vie avait aussi dérapé et qu'il n'y avait pas à se conter d'histoires entre naufragés du destin.

— Lalou, c'est Lalou du Panier. Le Panier pour qui connait Marseille, c'est le quartier entre la place Sadi Carnot et la montée des Accoules, un carré d'immeubles miteux qui surplombent le quai de la Joliette et le phare Sainte-Marie avec les trottoirs de la place des Moulins où éclosent les petites fleurs de l'asphalte. Je te dis ça pour t'affranchir. Tu sais, je vois très vite qui est qui. Et j'en ai connu des faux durs. Des matamores qui pleuraient dans mon giron parce qu'ils avaient été plaqués par des gigolettes de banlieue, des mafiosi du Cintra qui s'écroulaient sur mon lit le coucou en berne. Mais toi tu ne demandes rien; tu ne donnes rien non plus. Froid comme une banquise. Mais réglo. T'offense pas de mon tutoiement. T'es du milieu aussi. Pas celui qui relève le compteur des tapins de la Canebière, non celui qui risque des coups, l'ami des grands frissons. Je me trompe? Tenté par le «qui perd gagne» mais t'as pas de bonnes donnes ces temps derniers. Tu réponds pas? Correct. Chacun fait comme il veut. Mais tu peux m'appeler comme les autres Lalou, antiquaire de Sauveterre, amie rapprochée du maire-conseiller général. Garde la bague je te la donne. Bienvenue au pays.

Quelle tchatche! Elle avait au moins le mérite d'être franche du collier. À prendre ou à laisser. Je pris. J'avais une certaine affection pour les loosers. Sans être naïf. Lalou cherchait des alliances. Quant à son numéro de voyance, chapeau! Mais il fallait pas trop qu'elle insiste.

Étrange patelin! Chaque fois que je poussais la porte d'un petit commerce je tombais sur une nana en mal de confiance.

D'où j'étais je pouvais voir la courte terrasse du Sailor désertée à cette heure. Ornella la mutine, petite sœur de Lalou la mâtine, le côté soleil des arênes de la vie contre l'ombre des trottoirs.

Question attirance pour la gent féminine je devais pourtant me méfier, c'était pas mon meilleur créneau. Mais on ne veut voir que ce qu'on veut.

J'hésitais encore sur le seuil de la boutique.

— À samedi soir alors ?

C'est vrai, la tiers monde-party.

— Oh je sais pas, je suis au vert ici. Pas de mondanités.

Et de questions futiles en réponses futiles une idée saugrenue dans cet univers de bibelots me traversa l'esprit. Sitôt pensée, sitôt lancée avec quelques risques comme pour la pêche au tout venant.

— Tu en penses quoi du meurtre de cette nuit ?

Et alors là je me pris les pieds dans le rideau de fer. Le vide dans ses yeux sombres. Les clefs sous la porte. Beaucoup de maîtrise pour une fille qui parlait tant.

J'insistai :

— Le corps du jeune mec trouvé près des bassins de l'abbaye. T'es au courant ? Toute la ville en parle !

— Ce que j'en sais ? Ce que toute la ville en sait justement. Rien de plus, rien de moins. Un accident.

Elle poursuivit le regard vrillé au mien.

— Mais tu te trompes d'adresse. La Boutique d'Antan c'est pas l'antichambre des R.G.

Elle avait dû en tirer plus que son compte des coups fourrés et des rafles du côté des quais et elle démarrait au quart de tour. J'avais fait un loupé. Pour ramener du fretin il fallait mailler plus serré.

Deux touristes, shorts à fleurs sur des cuisses hollandaises, interrompirent cet échange laborieux. Ils lorgnaient les tableaux entreposés dans l'arrière-boutique et se firent vider vite fait. Les toiles n'étaient pas à vendre. Compris ! Les NL pigèrent couic et battirent en retraite. J'emboîtai leurs pas. Quel caractère la Lalou ! Après tout je ne devais rien à personne.

— Allez, salut !

Je repartis avec un léger mal de tronche et une bizarre impression de décalage et d'étrangeté. Comme cet astronaute perdu sur une planète qui pénétrait sans le savoir dans un cratère oublié entouré de falaises hautes comme les portes de l'enfer et déclenchait une tempête de sons au repos depuis mille lustres, des cris de tous les côtés, des gémissement, des appels, un fantastique univers sonore resté prisonnier du site. Sur Sauveterre *Terra Incognita* ma présence provoquait bien des remous.

Ça bouillonnait sous mon crâne. Je passai sur mon envie de voir Ornella, contournai la placette, effectuai quelques achats de célibataire et rentrai au bercail.

Je croisai un groupe de pensionnaires des Hauts-du-Maure en goguette, parlant haut, les bras chargés de paquets, excités comme des collégiens par leurs projets de fin de soirée.

Je les avais oubliés ceux-là. Ce n'était pas parce qu'on tournait le dos au monde qu'il s'arrêtait de tourner. Ça avait même un côté flippant. Ils continuaient à couler des jours qu'ils voulaient heureux à tout prix, malgré la certitude que leurs lendemains déchanteraient. Une leçon !

*

Sur la route déserte en cette fin d'après-midi je fus doublé par une caisse bringuebalante, une bonne vieille 4L fourgonnette rouge aux rideaux mauves délavés par le soleil. Rien que du très naturel dans cette campagne sacrifiée qui s'offrait aux religieux contemplatifs et aux babas sur le retour. À la terre bien entendu.

Mais cette scène innocente, un classique dans l'arrière-pays de Digne où les chèvres savent encore lécher les pierres pour les transformer en picodons, déclencha des éclairs en série qui secouèrent mon corps. Décodage immédiat. Attention danger !

Le barbu au volant m'était presque familier. Il m'avait suivi lorsque j'avais quitté la Boutique d'Antan sur les talons des Hollandais, et j'avais à nouveau croisé son double en faisant mes courses un peu plus tard. Un jeu complet de barbus en quelques minutes ! Statistiquement douteux. Il tombait mal. La filature c'était ma seconde nature. Je l'avais enseignée un peu partout dans le monde. Un rien faisait déclic. Tout devenait signe. J'étais capable de deviner, de sentir plutôt si on avait déplacé une pierre sur le bas-côté de la route depuis la veille. Ça avait même sauvé Houphoët-Boigny sur le chemin de Yamoussoukro, et de Gaulle au Mont-Faron. Alors le coup du poilu croisé par trois fois ça ne faisait pas parti du hasard. De toutes façons ça n'avait pas tant de poils que ça le hasard !

J'allongeai le pas sans me presser. La 4L flâna encore un peu puis comme à regret disparut dans un virage. On s'intéressait à ma santé. J'aimais pas trop les médecines douces. Les écolos me donnaient des boutons.

Avertissement? Curiosité de voisinage? N'était pas admis qui voulait dans un bled de Haute-Provence. On verrait plus tard. J'avais faim.

Le frère Marcel qui arrosait ses plantes à la tombée du jour, Vilmorin de paille incliné sur la tonsure, me salua de la main qui ne portait pas l'arrosoir. Il y avait de la logique chez cet homme. Je m'enivrai des senteurs de vanille framboisée tout en mordant dans mon sandwich tartiné à la hâte. Le Jardin des Délices. Vers la bâtisse d'angle, la baie vitrée de l'atelier de peinture s'illumina sous les derniers éclats du soleil écarlate, coup de pied de chaleur dans un champ de coquelicots. Van Gogh s'en serait contenté.

La nuit tomba comme un couperet donnant le signal à l'équipe nocturne des grillons, ces besogneux des cantates rurales. Au loin un quelconque tracto-pelle troubla le silence. Il n'y avait pas d'heure pour les Marseillais de Lapalud, puis tout retomba dans l'ordre et moi dans une demi-somnolence, bienheureux, tassé contre une pierre blanche, des miettes de pain au coin de la bouche, les pieds dans la lavande. Je rêvais.

Les loubards, les vieux, les putains, les babs se poursuivaient, en s'emmêlant sabots, santiags et soutanes. L'orgie!

La sonnerie de mon réveil de survie grelotta dans le brouillard. En 1/100e de seconde je rejetai les voiles de ma torpeur pour me propulser dans le monde de tous les dangers, muscles tendus, les vingt-cinq sens aux aguets.

Du côté des bassins une ombre s'enfuyait. Poilue? Comment savoir. Je réagis très bien, trop bien, en position de tir, bien ancré sur mes deux jambes légèrement fléchies, serrant fort le reste de mon sandwich en guise de P. 38, un rien ridicule au point de jeter un regard inquiet pardessus mon épaule. Ouf! mon numéro d'école de flic n'avait pas eu de spectateur. Mais on ne se refait pas lifter les réflexes.

En contrebas sur la départementale, une voiture démarra. J'aurais parié un chilum que c'était une 4L de babs. Camionnette et rouge.

Je m'offris une Slave de feu à la flasque d'argent et j'allai roder du côté des bassins. R.A.S. Le sol de lave n'aurait pas retenu l'empreinte d'un troupeau de dinosaures.

À l'autre extrémité du plateau, vers les canyons qui servaient de décharge sauvage, des phares trouaient l'obscurité. Sans doute l'engin de Travaux Publics au moteur à présent arrêté. Tellement muet l'engin que c'en était presque pas normal.

Je m'y dirigeai droit dessus. Le hasard avait ses limites, même à Sauveterre. C'était un bulldozer petit format flambant neuf, jaune narcisse, trapu comme un cabri des garrigues, capable de faire sa trace à travers la rocaille avec une lame en museau de bull-terrier. Un vrai bestiaire à lui tout seul si on y ajoutait ses chenilles luisantes et ses yeux insistants de lézard gecko.

Pas de mouvement aux alentours. Que faisait ce bull dans cet endroit isolé tous phares allumés? Je l'abordai côté cabine. C'était réellement un bel engin, à faire rêver les gamins des villes qui glissent leur bouille entre les planches disjointes des palissades de chantier pour les voir travailler.

Je me hissai sur le siège pour couper les phares, pianotai un instant sur le tableau de bord pas tout à fait profilé comme celui de ma D.S. La manette me tomba sous la main et l'obscurité se fit sur la surface tourmentée du plateau.

En tout cas un qui ne rêverait plus sur la beauté des engins de chantier c'était celui à qui appartenait le bras qui dépassait du tas de pierrailles ramenées par le bull !

À nouveau le tocsin dans mon crâne. À la limite de la douleur. Tout mon passé se bousculait à la porte étroite des décisions à prendre. Un cadavre ça pouvait se glisser dans le placard de l'oubli, deux ça obligeait à changer de penderie ou de stratégie.

On n'est finalement qu'une machine à reproduire ce que l'on sait faire. Je saisis un torchon graisseux sous le siège pour effacer mes empreintes sur les manettes, les leviers, le bord de la tourelle, comme dans un film qui repasse à l'envers, et vérifiai si un bouton de jean se serait pas connement glissé dans un recoin de la cabine.

Question indice j'étais au clair. Question curiosité ça me titillait en dehors de toute prudence. Je m'approchai du bras. Il n'était rattaché à rien, juste à un lambeau d'épaule déchiquetée. Même si on est distrait on n'oublie pas comme ça un de ses membres dans un coin de garrigue. Mon regard se fit peu à peu à l'obscurité. Ce que j'aperçus derrière la lame et les chenilles n'était pas beau à voir.

Le reste du corps était salement amoché comme s'il avait été traîné, poussé, sur les arêtes du sol et les dards des épineux. La chair humaine froide, ne m'émeut pas, même à ce point malmenée. C'est comme ça. Mais un visage c'est pas facile à gommer surtout quand les yeux sont grands ouverts et qu'ils vous rappellent quelqu'un. La mort avait figé les traits de l'homme, craquelé le fond de teint qui virait blanchâtre, mais ces mille petites rides vestiges d'un regard en amande de séducteur signaient le portrait.

Stanislas! L'homme au canotier, le chéri de ces dames, le brûleur de planches des années 40 souriait sur son passé, son dentier éparpillé à ses côtés comme un collier d'ivoire dont on aurait égrené les perles.

Je fis ce qu'on doit faire dans ces cas-là! Lui fermer les yeux. Avec en prime une ultime caresse sur les paupières. Tirés les rideaux. *E finita la comedia!*

Quant à mourir de mort violente il aurait pu connaître une fin plus glorieuse le Stanislas! Il en avait eu des occases! Couler avec le *Titanic,* flûte de champ à la main, accroché à 45° à la rambarde du pont arrière ou disparaître aux côtés de Marcel Cerdan en plein ciel, les refrains d'Édith Piaf sur les lèvres. Mais là, franchement! c'était minable! Il avait fallu drôlement l'aider pour qu'il en arrive là et dans un si mauvais état, lui qui ne supportait pas l'ombre d'une tache sur son costume en flanelle.

Les salauds! Ça s'adressait à n'importe qui et précisément à ceux qui avaient monté le traquenard. Car Stanislas n'était pas venu faire un one man show de claquettes dans ce lieu désert en pleine nuit de son plein gré. Il avait horreur de la campagne. À Deauville passe il y a des planches, mais là! Le rot gras de la décharge me lécha le visage. L'endroit était malsain à plus d'un titre.

Ce trou était perdu sauf pour les assassins. Minables certes mais néanmoins assassins. Une colère glacée cingla mes veines comme lors de la première découverte. Les morts ne se contentaient plus de hanter mes rêves à présent, ils me pistaient à n'importe quelle heure de la nuit. Finie la trêve du laitier, plus de repos, plus de retraite. J'étais remonté comme un ressort d'horloge. Le Big-Ben de la hargne. Pas à cause de nos chers disparus – chacun son lot – mais bien parce que mon indifférence pour ce qui m'entourait foutait le camp. Plus question de faire semblant. Égoïste ouais.

Debout l'autruche ! Je devais réagir dans l'instant, bondir jusqu'à ma D.S. et rouler jusqu'au petit matin, jusqu'à plus soif d'essence, sans me retourner, pédale clouée au plancher. Adieu les fêlés !

J'amorçai ce plan mais butai sur la paire de pompes de Stanislas, celles qui l'avaient fait rêver, les italiennes cassis à talons compensés. L'effroyable solitude de ces godasses orphelines dans ce désert lunaire fit basculer ma décision. Où va se cacher la sensibilité ! J'enclenchai le rétro-frein.

Haut les cœurs Victor Boris ! Fais face !

Je regagnai ma D.S. bien décidé cette fois à aller au-devant des emmerdes. Comprendre. Piger. Tout sauf continuer à me laisser balader dans cette lugubre chasse aux trésors. Peut-être même que ça m'aiderait à renouer les fils de mon passé. Rien de tel que l'action pour tourner la page.

Cap sur le « Village-Vacances de la Caisse de retraite des gens du spectacle ». J'allais oublier « et affiliés ».

Tout en roulant je gambergeais. Qu'avait-il vu l'ancien pour mériter ce châtiment. Que devait-il et à qui ? Les jeunes Marseillais s'amusaient-ils à courser le troisième âge avec des bulls, comme de francs salauds, des pervers, des psychopathes à pelle, des qui mouillaient leur slip à voir les vieux clamser de trouille ? Les pistes ne manquaient pas.

*

Une vive lueur chapeautait le Village-Vacances. Dérisoire contretemps. En guise de Messe des Morts et de De Profondis, Stanislas avait droit ce jour-là à un grand baloche déguisé !

Une sono 10. 000 watts louée au casino de Digne affolait les bafles aux quatre coins de la terrasse, des boules disco zébraient la piste de danse. On parlait haut, on riait, on chahutait, on chantait. Sous le ciel étoilé le rosé de Provence coulait à flots.

J'eus un instant la bizarre impression de m'être gouré de film dans un ciné multisalles, d'avoir glissé de *La mort aux trousses* aux « bronzés font retraite ». Mais non, la réalité avait plusieurs entrées et j'avais poussé la bonne porte. Simplement tous les 15 du mois, les toujours verts s'éclataient entre eux. Bienvenue aux nouveaux membres, par ici les pensions et les retraites.

Je fus tout de suite répéré par Marguerite, une des dénudées de la garrigue.

— Victor Boris !

Elle qui était née à Ménilmontant parlait British, question de clâsse.

— Quelle surprise. Quelle élégance de votre part d'honorer de votre présênce cette soirée mystêre !

— Mystère !

— Oh vous m'avez reconnue mais ce n'est pas de cela qu'il s'agît. Ce soir nous avons un invité mystère. Les lettres de son nom sont portées par certains d'entre nous. Mais nous ne savons pas sous quelle forme et par qui, que c'est drôle ! À chacun de mener son enquête.

Je le lui faisais pas dire !

Elle partit d'un rire en cascade, 9e barreau sur l'échelle de Richter, une envolée à laisser sans voix la Montserrat. Et moi, modeste danseur je me retrouvai enlacé dans un terrible paso-doble mené de main de maîtresse avec de redoutables volte-face pour l'assise de mes lombaires. Elle était resplendissante Marguerite, saluant d'un sourire mauve garance ses copines lorsque les pas glissés le lui permettaient, heureuse d'exhiber un solide cavalier. Et roulez jeunesse ! Oh Garance !

L'énergie que mettaient les couples pour accomplir ce pas de deux était extraordinaire. Certains claudiquaient, d'autres s'essouflaient, se portaient l'un l'autre, mais tous s'engageaient à fond, feux follets de la dernière danse, cataplasme du plaisir d'un soir sur le quotidien de leur jambe de bois. À peine avais-je le temps de me désaltérer au rosé des sables traître comme les vins pâles du Midi quand ils ne sont pas frais, que des bras me saisissaient et je repartais pour un tour, pressé contre de fabuleuses poitrines maintenues à la force des balconnets, ou tout contre des ventres corsetés, mais avec une telle vitalité, eh oui vitalité, que j'en redemandais, minaudant comme un jeune premier qu'on s'arrache au bal des Debs, héros convoité par ces dames, jalousé par ces messieurs.

Ceux qui portaient des masques, incommodés par la chaleur, les avaient relevés comme des heaumes sur le haut du crâne. Les visages grimaçaient sous l'effort, les maquillages se brouillaient. Cette galerie de portraits fantastiques tanguait devant mes yeux, me faisait oublier le motif de mon incursion, et c'était bien ainsi. Je fredonnai à mon tour, légèrement allumé, repris en cœur *Lily Marlène*, emboîtai le pas à un grand échalas sanglé dans un impeccable trois-pièces cravate à pois verts qui se prenait pour Fred Astaire.

Je découvris un « B » lettré en italique gothique sur un petit carton rose malicieusement glissé dans le décolleté d'une polissonne. Elle m'avoua devoir sa vocation de chanteuse populiste au choc qu'elle avait ressenti un soir d'août 35 au cours d'une fête en plein air lorsqu'Yvette Guilbert s'était avancée sur le podium pour entonner *Les demoiselles du pensionnat*. Son cœur de fillette en avait été profondément retourné. Hélas, bien qu'elle ait pris soin d'enfiler les oripeaux de la star, le train de sa carrière n'avait emprunté que des voies de garage, et elle continuait de pousser la chansonnette friponne, dont elle me glissa quelques strophes à l'oreille, à la fin des banquets des comices agricoles. Elle respirait une indestructible envie de séduire qui me réjouissait.

C'est sur les chaussettes vert pomme de Fred Astaire que j'entr'aperçus deux « R » du plus bel effet. Je m'empressai de dévoiler la découverte à ma nouvelle cavalière une « affiliée » ouvreuse au Moulin-Rouge qui avait fini sa carrière comme guichetière dans un des derniers cinés-pornos de Barbès avant l'arrivée des vidéo X, et qui manquait à chaque instant de s'étrangler dans mes bras à cause de son triple collier de perles. Toute sa fortune qui martyrisait son cou plus proche du dindon que du cygne, la pauvrette.

J'aimais décidément beaucoup ces coquettes dames du spectacle qui ne désarmaient pas et croyaient encore à la venue prochaine d'un casting-chief qui les remarquerait. Le talent ça paie un jour ou l'autre. Tu parles mamies ! On vous faisait croire que la belle époque était de retour tout en vous pompant vos dernières économies, oui !

Fi de mes pensées, ma partenaire qui avait déjà déniché trois voyelles et deux consonnes poussa un cri à la limite de la rupture du collier monté heureusement sur fil d'acier, me planta là en plein milieu d'une valse et se précipita vers le disk-jokey-animateur – ex-bonimenteur – à la Foire du Trône – stand loterie à tous les coups l'on gagne, pour tracer sur une ardoise d'une main tremblante le nom de l'invité mystère !

La musique ravala les dernières mesures du Danube bleu. Suspense garanti. Annadelle, c'était son nom de scène, avait visé juste.

— Mesdames, Messieurs, Ladies et Gentlemen, j'ai une grande nouvelle à vous annoncer. Le mystère est sur le point d'être dévoilé. J'ai sous mes yeux, le nom que me propose mademoiselle, mademoiselle ? ah on me souffle, mademoiselle Annadelle, éclatante et divine Annadelle, star de cette soirée qui sans elle...

Je n'écoutais plus le dégoulis de paroles qui rebondissaient sur les épaules voutées des retraités agglutinés autour du podium, bouches bées, tétanisés par l'importance de la révélation. Là-bas, vers le canyon une petite lumière bleue marquait son tempo dans la nuit.

Les cadavres attirent les mouches, et les gendarmes. Les unes marchent à l'odeur, les autres à l'info. Anonymes mais précises. Car pour crapahuter dans la garrigue à ct'heure, au lieu d'écluser des Kro en tapant la belote, il fallait avoir un tuyau de première. Le barbu à la 4L ?

Rien d'anormal sur la terrasse, la fête battait son plein loin du regard clos de Stanislas dont l'absence n'inquiètait personne. L'esthète aux pompes cassis ne fréquentait plus ce genre de soirée depuis qu'une de ses compagnes, la belle Lilia Montès, ex-reine du Chat-Noir, s'était fait la valise avec un collabo pour l'Argentine, ça faisait donc un paquet d'années. Mais une passion douloureuse ça se cultive surtout quand on avait comme lui le sens de l'honneur.

C'était pas comme ceux qui l'avaient pris pour une souche d'olivier et traîné jusqu'à la décharge. Car à bien y réfléchir c'était ça le plan de ces salauds. Se débarrasser du corps en le basculant dans les entrailles du canyon où même les farfouilleurs d'ordures ne pouvaient accéder. Il y a quelques années des moutons échappés de Panurge s'étaient abimés en contrebas. Une odeur effroyable avait recouvert Sauveterre pendant plusieurs jours jusqu'à ce que le maire se décide d'y bouter le feu à grand renfort de fûts de mazout déversés comme des bombes dans les failles. La garrigue s'était enflammée comme de l'étoupe et brûlerait encore si on n'avait pas fait appel aux Canadairs d'Istres. C'était pas un écolo le Pascal Barronet. Comme en écho son nom me revint aux oreilles.

L'avais-je prononcé à voix haute ?

Non, il était bien épelé en toutes lettres par Maxime-la-voix-d'or agrippé à son micro, puis repris par la foule sur l'air des lampions «Barronet ! Barronet» !

Vous parlez d'un invité mystère ! Le maire du bled ! Y avait de quoi être fier d'avoir découvert deux lettres à moi tout seul !

Maxime-qui-faisait-tout, fit glisser sa carcasse de cat-cheur au bas des marches du podium alors qu'un projo découpait la porte des cuisines.

— Mais qui se cache parmi les marmites du Village-Vacances ? Je vous le donne en cent, je vous le donne en mille ! Monsieur Le Maire Conseiller général, himself !

Sans se dégonfler, sa main boudinée dans celle de monsieur Loyal, il s'avança sous les sunlights aussi rond du bide que l'autre était large du torse. L'ami de Lalou, bienfaiteur de l'abbaye, président d'honneur du conseil d'administration du Village-Vacances de la Caisse de retraite des gens du spectacle et affiliés. Tout à la fois. Sûrement un sacré magouilleur.

Dans le lointain la petite luciole bleue palpitait toujours, signant d'un contrepoint macabre les flonflons de la fête.

Pascal Barronet se dandina d'un pied sur l'autre et annonça généreusement qu'il offrait à la gagnante une virée en hélico au dessus du canton ce qui entre parenthèses ne lui coûterait pas un rond puisqu'il était aussi président de l'aérodrome de Sisteron. Alors qu'il s'engluait dans un baise-main (je le soupçonnai d'avoir des visées sur la belle Annadelle, tout est bon à sauter, comme ça, entre deux trous d'air, vite fait bien fait, question de se distraire de l'antiquaire), le téléphone grelotta à l'étage, interminablement pour moi qui savais, alors qu'on cherchait partout le directeur de l'établissement qui cuvait dans un coin, les clefs du bureau du standard dans sa poche. On demandait le maire. À mon avis le temps des ennuis commençait.

À voir sa bouille lorsqu'il revint, je sus que j'avais vu juste. La gendarmerie venait de lui annoncer que Stanislas, pensionnaire bien connu des Hauts-du-Maure était mort, bien mort, salement mort, et même drôlement enterré.

C'était un sanguin émotif monsieur le maire. Il se mit à dégouliner de sueur comme s'il avait lui-même le tracto-pelle aux basques et au lieu de garder le scoop pour lui, il monta au créneau annonçant tout de go au micro, affalé sur une chaise qu'on lui avait tendu in-extrémis, ce qu'il venait d'apprendre.

— On m'informe à l'instant que notre ami Stanislas a été retrouvé mortellement blessé dans la garrigue. Un accident avec un engin de chantier.

Il lâchait tout, sans ménager son auditoire, se débarrassant du fardeau et des emmerdes qui pointaient à l'horizon. Allez braves gens, délirez, c'est du tout chaud, du direct, du sanglant. La Une de demain. L'effet était garanti. Il le fut. À l'âge qu'avaient les anciens, toute mort était un peu la leur. Un orage tropical n'aurait pas déclenché plus de turbulences. Même monsieur Jérôme le directeur, un peu sonné, dessoûla sur le champ.

Marguerite m'agrippa le bras.

— Victor Boris, un accident avec un engin de chantier ! Ne me faîtes pas croire que c'est un refus de priorité à droite ! Ce n'est pas un accident, c'est un assassinat. Et de deux !

Beaucoup d'inquiétude avec un zeste d'humour, un cocktail bien dosé pour ne pas se laisser abattre.

Assis sur le bord de l'estrade ou sur les murettes qui soutenaient la terrasse, à deux ou par petits groupes, tous y allaient de leur commentaire. Les rumeurs les plus folles enflaient, se croisaient, s'alimentaient. Les Marseillais de Lapalud avaient vraiment le mauvais rôle. Tout les désignait. À chaque fois leurs putains d'engins de T.P. étaient sur le devant de la scène. Trop beau pour être vrai disaient d'autres, on ne signe pas ses crimes avec autant d'arrogance. Ce sont des seconds couteaux, des petits dealers de merde, des pas de cervelle, mais pas des tueurs.

À plusieurs reprises on s'en prit aux « Arabes de la cité des Forêts ». Une nouvelle embrouille ? Je cherchai Annadelle dont on avait déjà oublié l'exploit pour avoir plus d'information. Elle s'employait à noyer sa déception en s'envoyant de grandes lampées de Côtes de Provence, ce qui allait à l'encontre du but recherché. Elle tirait une tête de cent pieds de long et vascillait sur son fondement pourtant généreux. À ses côtés une petite jeunette dans les cinquante ans, lui tenait affectueusement la main en répétant toutes les dix secondes : « Calme-toi, calme-toi. »

Je crus comprendre qu'Annadelle avait eu « quelques sentiments et même des faiblesses » pour Stanislas. Incroyable ! Y'avait pas d'âge pour les peines d'amour ! Comme à la colo. Les cœurs saignaient en fin de séjour. À part qu'il n'y aurait pas de prochain séjour. Il était bel et bien rayé de la liste des colons le chanteur de bel canto.

Je respectai son chagrin et ses hoquets mouillés et réitérai ma question à la jeunette. Ni retraitée, ni affiliée, elle était bonne à tout faire au Village-Vacances, habitant dans le vieux Sauveterre, trop contente d'y avoir un emploi. Depuis toujours au service des autres pour le SMIC moins 10 %, un cœur gros comme ça, affublée du surnom d'une gâterie de Toulouse « La Rousquille », en honneur à son accent du Sud-Ouest et de ses cheveux blancs comme le sucre glace qui enchassait la pâtisserie. La Rousquille connaissait tout le monde, voyait tout, savait tout et n'était pas mauvaise langue. Les Arabes ? Mais d'où je venais ? les harkis voyons, ceux de la cité des Forêts, les bâtiments bas agencés en demi-cercle comme dans un camp militaire avec le drapeau planté au beau milieu. Juste à l'entrée de Sauveterre.

C'est vrai je les avais repérés, croyant à une caserne désaffectée.

Pas du tout, pas du tout, les anciens supplétifs de l'Armée française étaient arrivés à partir de l'été 62. Elle s'en souvenait très bien, tout droit issus du djebel.

Pas des gens méchants d'ailleurs, des gars des campagnes arides de là-bas, apatrides malgré tout. L'Office national des forêts les avait pris en charge mais leurs enfants s'ennuyaient ferme. Que faire à Sauveterre quand on avait dix-huit ans ?

Si je connaissais les harkis ? Tu parles. Plutôt deux fois qu'une et des deux côtés de la Méditerranée en plus. Mais je gardai ça pour moi. Le jeu se corsait. Il y avait foule dans la toile d'araignée. Je revins sur terre. La Rousquille me toisait des pieds à la tête. Je crus bon de lui dire que j'étais de passage à Roscodon.

— Bigrrre chez les currés !

Merveilleux roulement de tonnerre ! Un accent plus rocailleux que le morne plateau de Sauveterre.

— Dîtes, ces curés, ils seraient pas un peu dans le coup aussi ? Parce que moi les jeunes harkis je les connais bien. Ils emmerdent tout le monde avec leurs mobylettes mais ça va pas plus loin. Ou alors il faudrait vraiment qu'il aient dépassé leur dose de Ricard, et même dix pastagas c'est rien que du banal, et puis c'est le week-end qu'ils carburent. Mais les curés, allez savoir derrière leur potager botanique ce qu'ils traficotent ? Ah bien sûr c'est du beau monde et leurs Mercedes font moins de pétarades que les mobylettes. Mais j'aime pas les vitres teintées de leurs Papamobiles, ni leurs barbelés. Ça veut dire quoi ces barbelés ? Alors vous comprenez des fois que le Julien ou le Stanislas aient été trop curieux, hein ?

On ne l'arrêtait plus, la Rousquille. Elle soutenait d'une main la belle Annadelle qui après s'être liquéfiée sur son épaule ronflait doucement en lâchant de petites bulles, et de l'autre ponctuait son discours.

— Je veux pas prendre parti moi. J'ai mon travail assuré ici et il y en pas d'autre à 100 km à la ronde. Alors on voit et puis on se tait. Mais Stanislas c'était un homme bien. Fantasque mais bon. Généreux avec son cœur. Même si depuis quelque temps il se disputait beaucoup avec l'une, avec l'autre, tenez même avec celle qui dort. C'était pas les prétendantes qui manquaient, bel homme comme il était.

— Que savez-vous de plus, la Rousquille ? m'entendis-je prononcer.

Qu'est-ce qui me prenait depuis quelques jours à jouer les Nestor Burma ? Trop tard c'était lâché.

— Mais si ça vous intéresse vraiment, je vous dirais bien sans trahir de secrets que…

L'irruption du maire arrêta net la confidence (comme dans les meilleurs suspenses). Il manquait plus qu'elle s'écroule en faisant « Gasp » un couteau fiché entre les omoplates emportant dans sa tombe le secret des Hauts-du-Maure.

Cette éventualité dessina l'esquisse d'un sourire sur mes lèvres, ce qui désorienta Pascal Barronet.

— Vous n'avez pas l'air d'être trop affecté par ce deuil ? me lança l'enfoiré.

De quoi il se mêlait ce pot à tabac ? Cette pensée filtrée par mon savoir faire donna :

— Cher monsieur le Maire, il y a parfois des sentiments qu'on s'efforce de dissimuler de peur qu'ils ne vous submergent. L'émotion est de ceux-là.

Il en resta comme deux ronds de frite, pris entre l'admiration pour la formule qu'il retint pour la placer au cours d'une prochaine oraison funèbre et l'impression très fugitive, que je me payais sa tronche. Mais quand on est un homme de pouvoir on balaye vite ce doute-là.

— Vous passiez ici par hasard ? poursuivit-il finaud.

— La fête des quinzaines au Village-Vacances est un événement à ne pas manquer, pour qui a la chance de séjourner chez vous, surenchéris-je, fiel pour fiel.

Je marquais des points mais visiblement il aurait préféré que je sois en train de méditer dans ma cellule monacale. Lorsque des crimes en série fleurissent dans une commune il n'est pas bon pour son shérif de voir un étranger fouiner dans les parages. En homme politique aguerri il prit le parti de m'attirer au plus près puisqu'il n'avait pas les moyens de me faire déguerpir. Pour contrôler l'intrus il s'alliait à lui.

— N'oubliez pas demain la soirée Sauveterre-Solidaire. Je ne peux plus l'annuler, le préfet sera là. Mais étant donné les tristes circonstances nous nous en tiendrons au repas de gala sans les spectacles.

Il maintenait sa soirée le rat, au risque de se faire mal voir par une partie de ses administrés. L'enjeu devait être d'importance. Donc j'irai. Ça commençait à m'intéresser ces pince-fesses macabres.

Une estafette bleue s'arrêta sur le parking.

Le maire tourna les talons pour accueillir les gendarmes. J'en profitai pour rejoindre La Rousquille qui couchait Annadelle. À cette heure elle n'était plus qu'une vieille dame fatiguée, assoupie sur un dessus-de-lit d'internat en coton mauve.

La chambre sentait la lavande de Digne qui faisait fureur chez les nostalgiques des simples. La Rousquille, par habitude, en profita pour faire quelques rangements.

— Vous aviez commencé tout à l'heure à me parler de Stanislas.

Elle ne répondit pas tout de suite, plantant ses yeux de Toulousaine droit dans les miens.

— Bien que vous logiez à l'abbaye, je ne sais pas trop pourquoi, mais je vous fais confiance. Je ne peux pas laisser massacrer comme ça les gens de mon village les uns après les autres. Ce que je sais ? Oh pas grand-chose. Stanislas jouait au casino et lorgnait les bijoux de ces dames. Ça se paie à un certain âge les services d'un homme même si ce n'est pas une première main. Enfin pour être clair, ces bijoux, il les empruntait plutôt qu'on ne les lui donnait. Il les déposait à la Boutique d'Antan chez Lalou, espérant se refaire au tapis vert de Digne pour les racheter et les remettre dans les tiroirs qu'ils n'auraient jamais dû quitter. Mais bon, ce n'est pas à moi de faire la morale. Seulement sa mort ça change tout, ça a peut-être à voir.

Ces secrets d'alcôve ne m'éclairaient pas vraiment. Comme pour les curés ou les beurs, la Rousquille en lâchait un peu mais pas trop. Il devait bien y avoir une logique à tout ça.

— Puisque vous vous intéressez à cette affaire vous

devriez aller jeter un coup d'œil du côté de Lapalud. C'est quand même à eux ces pelles de malheur !

Elle fit le noir dans la chambre, lança un regard de patronne sur le mobilier, grommela quelques remarques à propos du fond de teint d'Annadelle qui avait taché le dessus de lit et sortit derrière moi.

On approchait de minuit. Des pensionnaires discutaient au clair de lune, silhouettes découpées dans un numéro spécial de Vogue.

Je m'éclipsai et allai traîner mes guêtres du côté de la placette pensant, comme un collégien qui n'ose se l'avouer, apercevoir Ornella.

Je me sentais bien seul tout d'un coup. Et le resterai d'ailleurs pour ce soir, le rideau du Sailor étant baissé. À l'étage une ombre allait et venait derrière les persiennes. Un autre monde, un univers de femme, quelque chose d'attirant qui n'était pas pour moi, ou plus pour moi, ou que je ne voulais plus. Ça revenait au même.

Sur le chemin du retour je me consolai de cette envie incertaine en écoutant le bruit solitaire de mes semelles sur le macadam encore tiède. Je n'étais pas prêt à brader ce plaisir de cow-boy. Même pour un sourire italien.

*

Ce soir-là j'étais à l'heure, juste un peu en avance, à l'aise dans mon costard tilleul défroissé à main nue, vieille technique de brousse.

J'avais du passé dans la réception. Tête haute, épaules dégagées, trois doigts de la main gauche dans la poche latérale du falzar, vague sourire aux lèvres, prêt à saisir une coupe de champ ou un bon mot. Je n'avais pas à rougir de l'image que me renvoyaient les glaces du hall de la salle des fêtes.

Depuis l'aube, le vent des fous, comme ils l'appelaient ici, s'était levé ramenant des terres lointaines des tourbillons de poussière ocre qui blessait les yeux.

Le faste déployé en ces lieux minables était incroyable. Je n'aurais jamais imaginé qu'au cœur de ce patelin perdu aussi aride qu'une pierre sèche au fond d'un puits sec, dans un bâtiment au look aussi avenant qu'une maison du Peuple, se nichent autant de dorures, de miroirs tarabiscotés, de cadres rococos, de peintures allégoriques. Monsieur Le maire avait horreur du vide! Énarques et notables côtoyaient le tout venant. Le 5 de Chanel se mélangeait à la naphtaline.

Pour se donner tant de mal, Pascal Barronet devait avoir un plan d'enfer. En fait, après la mairie, le conseil général, les diverses présidences locales, il visait une planque dans un cabinet ministériel, de préférence à l'Équipement où il y avait de sacrés appels d'offres.

Pour récolter il fallait miser. D'où venait le fric?

— Chic n'est-ce pas?

Comme si elle avait deviné mes pensées, Lalou me saisit le bras. C'était elle qui recevait ma parole! La maîtresse de Barronet officiait au grand jour avec son accent Marseillais qui sentait les effluves du quartier du Panier côté aïl plutôt que thym, précédée d'un décolleté explosif, une paire de nibards à faire pâlir les plates demoiselles de la préfecture de Gap qui ignoraient tout des prodiges du silicone!

Merveilleuse! je la trouvais merveilleuse, sachant

avec panache profiter de son statut, celui qu'octroye le cul si on sait bien s'en servir, se foutant pas mal de ce qu'on pouvait penser, provoquant les hommes, méprisant avec un sourire de fiel leurs compagnes. Dans ce décor d'opérette il ne fallait pas jouer la carte de la discrétion. Ça tombait bien je n'en avais pas envie ce soir-là. Arrimé au bras de Scarlett je franchis les quelques pas qui séparaient le hall d'entrée du buffet. Clark Gable sans les fines moustaches mais, tant qu'à faire, avec les Ray-Ban de James Dean !

Nous croisâmes nos coupes de mousseux et je lui dis tout de go que j'étais prêt à échanger la chevalière qu'elle m'avait offerte contre la croix d'or qui tressautait doucement entre ses seins. D'un goût douteux ! Mais elle me sut gré de ne pas faire semblant, ni pour la frime des lieux, ni pour sa beauté retapée. Nous savions d'instinct ce dont nous étions capables. C'est-à-dire d'à peu près tout si l'occasion se présentait.

Au troisième verre, j'eus un mauvais trip. Flash-back sur la Présidence de Brazza, mêmes ringardises au mur, mêmes invités bidons. Ma dernière mission. Le vent des fous sans doute, qui s'infiltrait par les fenêtres disjointes, déposait sous mes dents une poussière tenace et soulevait dans ma tête d'autres images : le cortège, les rebelles, l'allée de bougainvilliers. La tête en compote, le cerveau embrumé, je m'éloignai du buffet. Je n'étais pas là pour me souvenir. Je respirai un grand coup.

Les choses sérieuses se précisaient. Un appelé du contingent qui s'était cru pistonné et faisait le guignol en uniforme au bout du monde, retira la cordelière qui retenait les battants de la salle annexe. Une suite de tables disposées en fer à cheval, décorées de guirlandes de

Noël ! Les invités se précipitèrent à la recherche des cartons qui marquaient leur place. On avait même fait appel aux services du protocole de la préfecture ! Ils avaient envoyé leur vaisselle frappée aux armes du Dauphiné mais les nappes de papier venaient tout droit de chez Roger le droguiste du village. Quand l'État s'encanaille avec les communes, les banquets tournent cantine !

On m'avait relégué dans le coin des sans grade des fois qu'il m'eût pris la mauvaise idée de fouiner du côté des notables, mais par un tour de passe-passe Lalou m'installa à ses côtés, à la limite des deux camps, à quelques chaises du maire qui faillit s'en étouffer.

Je connaissais quelques têtes : M. Jérôme le directeur de la maison de retraite plus marqué par les apéros que par la mort de Stanislas, le père Gabriel qui me lança un sourire en croix en se demandant comment en si peu de temps j'avais pu me faire tant d'amis, Maxime-la-voix-d'or qui représentait les pros du spectacle et révisait ses blagues, une brochette de képis bleus interchangeables, des commerçants avec qui j'avais échangé quelques billets, mais point d'Ornella.

Un bon point pour elle.

Mais, ainsi vont les mecs, je glissai à cet instant ma main sous la table frôlant du bout des doigts la jambe gainée de Lalou, testant ma capacité à réagir à cette chaleur de femme, cet élan du sang que j'avais mis au rancard depuis belle lurette et qui ce soir gonflait mes voiles. Sans faire d'histoire Lalou rapprocha sa cuisse. Pourquoi se priver d'un plaisir qui faisait plaisir à l'autre ?

Par contre elle ne comprit pas pourquoi le menu qu'elle trouvait très classe me mettait en joie. Je le lui expliquai

– « Amuse-bouche » pour « amuse-gueule » ! « Écaille de pomme de terre » pour « chips » ! « Pomme martiniquaise » pour « ananas » ! C'est comme si je disais « Marie-Louise de la montée des Accoules du quartier Haut-de-Marseille » pour « Lalou du Panier » !

Elle interrompit sa bouchée, me fixa, incertaine, puis éclata d'un rire fantastique, jetant toute l'impertinence de la place Sadi-Carnot à la triste figure des élus hauts-alpins et hauts-provençaux réunis.

Le préfet et sa dame qui en avaient vu d'autres continuèrent impassibles à discuter à voix basse. Pascal Barronet s'essaya à des yeux revolvers. Les deux barbus d'en face continuèrent à me mater à travers leurs poils follets.

Deux, il y en avait deux ! Lequel était l'homme à la 4L rouge ? Méfiance. Rien de tel qu'un banquet où les esprits s'échauffent pour glisser sur des peaux de bananes écologiques.

Lalou me rassura. Le plus trapu des deux, noiraud comme un diablotin était Dürbec, avec un tréma qui signait ses origines tchèques. Directeur du Centre d'engins de Lapalud que les loubards de Marseille appelaient Raspoutine comme dans « Corto Maltese » bien qu'il ne ressemblât pas au personnage ce qui l'exaspérait doublement. C'était un nerveux Raspoutine. À la vitesse à laquelle couraient les rumeurs il ne fallait pas trop le chatouiller de près.

Ce que je m'empressai de faire aussitôt, profitant de l'arrivée des gigots de Sisteron éperonnés de banderilles, sur leur lit d'écailles, pour glisser ma chaise à ses côtés, style voisin collant.

— Je me présente : Victor Boris.

— Ah?

Il avait l'air sincère dans son désir d'en rester là. Je voyais sous sa chemise frémir ses muscles d'étalon pris au piège du licou.

— On m'a dit qui vous êtiez. Vous faites un travail très intéressant. Moi je suis de passage à Sauveterre. Oh c'est tout simple, pour me reposer. Mais dans mes balades je rencontre plus d'engins de votre école que de farigoule ou de pieds de lavande !

— Ah !

Insensible à l'humour. Il se servit largement d'écailles de Belles de Fontenay, les meilleures d'après les connaisseurs. Sa bouche pleine lui évitait d'en dire plus. Mais moi je pouvais toujours causer.

— C'est pas que je les trouve inesthétiques dans le paysage, vos pelleteuses, surtout la petite Poclain, mais à mon avis elles sont pas faites pour cette caillasse de Cayenne où elles risquent de se casser les dents. Comme les corps qu'elles charrient d'ailleurs. Et puis voyez comment est organisé le hasard, j'arrive toujours sur les lieux où on les abandonne quelques minutes avant l'arrivée des tuniques bleues.

Mutisme total. Brosses de sourcils rabattus sur les yeux. Il engouffrait ses écailles sans les mâcher. Il allait exploser sous peu, droit vers le lustre de faux cristal, agrégat d'amidon et de poils. Je le délivrai d'une touche réthorique qu'il ne pouvait esquiver :

— À notre époque, pour s'occuper de ces jeunes, il faut de la poigne et c'est pas donné à tout le monde hein ?

Bonne vieille provoque ! Pour exploser il explosa.

— Foutez moi la paix ! D'abord je connais mon

boulot mieux que personne et puis je suis pédagogue, monsieur, pas gardien ni flic. C'est à eux de courir après les voleurs d'engins. Chacun son job et les types comme vous diront moins de conneries. Et puis mes jeunes n'y sont pour rien.

— Et Julien ?

— Un accident. Tout le monde le sait. Qu'est-ce que ça peut vous foutre ?

Je m'étais pris au jeu.

— C'est con hein d'être venu chercher comme moi la tranquillité à Sauveterre juste quand dans une semaine on liquide deux mecs, un jeune et un vieux avec la même délicatesse. J'aime pas trouver des cadavres à la place d'œufs de dinosaures. En un mot ça m'emmerde perso. Sans plus. Mais c'est assez pour que je cause. Ou je reste en dehors des choses, ou si j'y suis mêlé malgré moi je veux piger. Des fois que j'y sois pour quelque chose !

Il s'en fichait de mes motivations le pédago des excavateurs. Cramponné à ce qu'il ne voulait pas dire et à ses couverts, il éleva la voix, laissant couler sa hargne par la brèche que j'avais ouverte, balayant large.

— Si on veut me faire porter le chapeau, attention. Je connais beaucoup de choses qui se passent ici, et il y en a qui pourraient être surpris.

Comme il arrive parfois dans une assemblée pourtant bruyante, sa dernière phrase tomba au milieu d'un silence total que le hasard faisait planer à cet instant sur les tables. L'ange qui passait, abattu en plein vol, éclaboussa de ses plumes les oreilles les moins attentives. Le personnel des préfectures toute hiérarchie confondue trouva tout d'un coup que ce banquet de bienfaisance tournait au comice agricole de mauvais goût. Le corps médical venu jouer au French Doctor maudit les Sociétés pharmaceutiques qui leur avaient répercuté l'invitation tous frais payés. Ceux de Sauveterre ne comprirent pas qu'on lave leur linge sale devant des étrangers. Les képis bleus toujours prudents trouvèrent que même si l'ange était en infraction ils n'avaient pu relever son immatriculation, donc que le délit n'était pas caractérisé. On ne peut pas accuser sans preuve pensa Joseph Chamefaux, le brigadier chef dont la promotion pour Gap où sa femme venait d'être nommée à la direction du Conservatoire municipal était en suspend sur le bureau du préfet. À qui il se mit à sourire comme un niaiseux.

Ce n'est pas sur Dürbec que s'abattit le regard bazooka de Pascal Barronet, alors que tout un chacun avait piqué du museau avec un bel ensemble dans son assiette où baîllait une tranche d'ananas épinglée d'une cerise ! Mais bien sur ma pomme. Il ne s'y trompait pas. Dans sa cervelle politicienne se bousculaient les questions : « Mais pourquoi bon dieu l'ai-je invité ? » « Qu'est-ce qu'il me veut ce type ? » « Qu'est-ce qu'il fait chez le père Gabriel ? » « Que sait-il au juste ? » « et sur qui ? » Mais l'homme politique savait tirer des plans sur la comète et sur sa commune, planifier sa carrière et ses amitiés, calculer de tête le budget bidon d'une Assos municipale, mais il ne savait pas écouter et donc entendre ce que je lui adressai entre mes lèvres closes : « T'en fais pas petit père tu pigeras pas, c'est du hasard et de la nécessité dont il s'agit. Trop fortiche pour toi. »

Par-dessus le marché, il y avait en moi une sacrée nouvelle envie de me coltiner à ce qui m'arrivait, même si je ne l'avais pas prévu. Parce que ça sentait bon la vie.

Eh oui la vie ! Cette plante goulue, indécente, capable de fleurir sur des cadavres.

Après tant de jours de fuite je ne chipotais pas sur la manière dont elle se rappelait à mon bon souvenir. Le déclic avait lieu à Sauveterre, tant mieux pour moi, tant pis pour les autres.

Je lui décochai un grand sourire, celui qui laissait voir toutes mes dents. Celles qui incisent et celles qui broyent. Il réagit très bien. D'un grand coup de rein en dépit de sa bedaine il se leva tout d'un bloc, proposant un toast en l'honneur de la vénérable assemblée, et à l'avenir de l'Association humanitaire.

Comme une seule pieuvre aux soixante-cinq bras prolongés de 65 coupes de clairette de Die, l'assemblée répondit à son salut. Rien de tel que du pompeux et des bulles pour ressouder un groupe qui se désagrège.

Le doyen des toubibs prit la relève. Puis la présidente de « Sauveterre-Solidaire » par ailleurs épouse du concessionnaire chez qui l'Association se fournissait en 4 x 4. Puis le président des Clubs sportifs de Sauveterre qui se dit prêt à reverser la recette de la finale de hand à l'Association.

C'était parti. Adieu discorde, bonjour la démagouille.

L'atmosphère se détendit. Les invités se regroupaient par affinité autour des liqueurs. Lalou allait d'une table à l'autre, plaçant un bon mot ou une bonne bise, sans oublier de chalouper du cul comme une reine du bitume.

— Il vaut mieux être pute que chercheur pour se faire reconnaître.

Holà ! Le barbu numéro 2 que j'avais quelque peu oublié

n'avait pas sa langue dans sa poche, malgré son accent québecois à couper à la machette.

À Sauveterre on avait le poil hargneux !

Sans me mouiller j'acquiescai du menton pour en savoir un peu plus, façon faux-derche. Était-ce l'homme qui me filait le train depuis quelques jours, ce bûcheron tout droit sorti de sa cabane à sucre du bord du lac Saint-Jean et dont la carrure faisait craquer les coutures de son costard de velours usagé ? Tactique ou pas il prenait les devants, se servant de son phrasé ben chantant pour déverser en vrac son identité, ses passions, son avis sur l'avenir de ce sacré monde pollué par les affaires sordides plus que par les déchets, bien qu'à Sauveterre les deux se fissent.

Un bavard après un muet, un qui avait pas ses poils sur la langue. Je préférais. Florent Ladouceur se targuait d'être herpétologiste et je mis un certain temps pour comprendre qu'il n'était pas spécialisé dans les M.S.T mais dans les reptiles qu'il étudiait scientifiquement. En particulier la vipère d'Orsini (Vipéra Ursinii) cousine de l'aspic dont il s'esseyait à l'élevage dans des enclos et des vivariums qu'il mettait au point, espérant intéresser l'Institut Pasteur qui pourrait installer sur la commune, avec l'aide et la bénédiction financière du maire, une unité de production de sérum antivenimeux.

J'étais abasourdi ! Entre l'hébétude et le fou rire. Pincez-moi ! Magnifique Sauveterre ! Jeu de l'oie des laissés pour compte ! Lieu de villégiature pour les vipères, les loubards, les harkis, les déglingués du spectacle, les curés botanistes.

Il avait besoin de s'épancher le Québecois, et de

s'éponger vu qu'il transpirait aussitôt les bières qu'il s'enfilait les unes après les autres. Ce grand corps fuyait de partout. Il continuait de déverser un flot de paroles où surnageait le nom de Pascal Barronet. Il lui avait promis tant de choses : les terrains, les subventions, les autorisations, les contacts avec l'industrie pharmaceutique. C'était son bienfaiteur. Il était prêt à défendre son honneur, bien qu'il commençât à avoir des doutes, car depuis deux ans qu'il s'était installé sur Sauveterre avec des projets plein sa tête d'herpétologiste il ne voyait rien venir alors que ses petits enclos qu'il voulait breveter débordaient de charmants bébés serpents en attente de leur première mue.

— Mais ne s'installe pas à Sauveterre qui veut poursuivit-il. La belle Lalou a d'autres atouts que moi. Atours vous dîtes je crois. En deux mois elle a décroché son inscription au registre du commerce, section brocante-antiquité.

Il était pas antipathique le vipérophile. Un gros tendre. Un lent, une idée après l'autre, mais bricoleur de génie, bonne pâte tombée entre les griffes de l'élu. Promesses contre menus services ?

Si c'était lui l'espion ce n'était pas la peine que je le marque à la culotte. Il s'éliminerait tout seul. C'était le type d'homme à éternuer au cours d'une planque rapprochée, à s'affubler d'une chemise de trappeur à carreaux rouges pour ramper dans le maquis, à passer devant nous trois fois avec sa 4L rouge en l'espace de quelques minutes, bref de se prendre les pinceaux dans le fil de la filature.

Avec la fatigue et les bières il tournait sentimental, voulait m'apprendre, parce que j'étais son ami, à décapsuler les canettes avec les dents de devant, me promettait de m'offrir une adorable femelle grise toute zébrée d'écailles beiges en zigzag sur le dos, avec un ventre tacheté de noir et un museau à se pâmer, débordant de glandes venimeuses gonflées comme des testicules. Le rêve des labos ! Mais surtout le sien. Ça tournait à la fascination, la chose au monde qui se partage le moins.

À la table des képis on avait planqué l'alcootest pour pas qu'il vire rien qu'à l'haleine.

Le téléphone de campagne grésilla. Service, service. Un casse au village. Ça arrivait parfois le samedi soir. Par contre c'était la première fois que la vitrine de la Boutique d'Antan volait en éclats. Rien de dramatique, le corps du délit, une pierre, avait été identifié et récupéré.

Joseph Chamefaux envoya sur le champ Éric Rougny, bleu parmi les bleus de la brigade, corvéable à merci. Il veillerait à ce que l'ordre public soit assuré et les biens de l'antiquaire protégés. Exécution. L'ordre règnerait à Sauveterre nom de Dieu et que la fête continue.

Lalou n'était pas trop inquiète.

— Encore ces jeunes cons, murmura-t-elle à l'oreille du maire de plus en plus furibond. Mais il ne pouvait pas porter un toast à chaque incident. Surtout qu'une tuile n'arrive en général jamais seule, et avec ce satané vent des fous c'était du sur mesure.

Le téléphone, complice, remit ça.

À la sortie du village une voiture brûlait.

— Où ça ? hurla Chamefaux dans le combiné. Oh putain, reprit-il un ton plus bas, chez les Brouns de la cité.

Pascal Barronet porta en urgence ses deux mains au col

de sa chemise et s'étonna de constater que le dernier bouton avait déjà sauté. Ça manquait d'air, ça manquait d'air ! Et ce vent de malheur qui obligeait à maintenir les ouvertures closes.

Il regretta de ne pas avoir invité les représentants de la Communauté musulmanne qui auraient calmé le jeu.

— Et merde dit-il à Chamefaux, ils ont tout eu. Le logement, le boulot, les alocs, la formation, le droit à la différence, et ce sont leurs enfants qui viennent nous faire chier !

Il aurait pu dire que les logements trente ans après les accords d'Évian, ressemblaient à des stalags, que l'O.N.F. s'était retiré du coin depuis pas mal d'années, que les jeunes sans formation était au chomedu. Mais c'était pas leur version du monde à ces deux-là.

Lorsqu'il apprit que c'était un camion de Lapalud qui cramait à la cité des Forêts, en dégageant des flammèches que le vent poussait vers la garrigue craquante, le brigadier chef eut un sursaut professionnel, prit congé du préfet et de sa dame avec force courbettes et claquements de talons, et fonça vers les lieux chauds au volant de sa Renault bleue dont le gyrophare qui me devenait familier troua une fois de plus la nuit du plateau.

En avant pour les rumeurs ! On passait le plat. La mort de Stanislas, les voleurs d'engins, les camions qui brûlaient, les vitrines qui éclataient. Y avait de quoi grapiller. Et ce putain de vent qui asséchait les gosiers. Chacun y allait de son paquet d'embrouilles et de conneries.

Dürbec, plus parano que jamais, se prit de bec avec la présidente de Sauveterre Solidaire qui avait eu le malheur de parler «d'école de la délinquance». Alors qu'elle partageait la table tant convoitée de la préfète elle s'entendit dire qu'elle ferait mieux de s'occuper de son Assos parce que ses 4 x 4 pourraient bien enflammer sa comptabilité si on y mettait le nez! Oh l'insulte!

— Goujat!

— Petite sœur des riches!

Ce bled était bâti sur une poudrière, un trop plein de pétards mouillés que Barronet y avait semés, qui commençaient à sécher et à amorcer une réaction en chaîne. Les uns après les autres, ils allaient lui péter à la gueule et je me sentais prêt d'accrocher le mien à la queue du bouquet final.

Les rats quittaient le navire.

En couple, par petits groupes, les invités se cassaient en douce par les portes latérales préférant affronter la tempête de sable plutôt que les turbulences qui secouaient l'assemblée. On se protège plus facilement de la poussière que de la médisance.

Dürbec qui tenait mal l'alcool, passait d'une table à l'autre pour se justifier, en rajoutait, persiflait dès qu'on lui tenait tête. Le maire sautillait sur ses talons comme un gros merle, le retenait en vain par le pan de sa veste et à bout d'arguments répétait tous les deux pas: «Monsieur le Directeur, monsieur Le Directeur, calmez-vous, monsieur Le Directeur».

Trop tard, le bateau coulait, ça craquait de partout, et il n'avait pas eu le temps de présenter au préfet qui se levait à son tour le visage défait, son dernier dossier. Une occasion inespérée pour l'avenir du canton, l'implantation d'une usine de traitement de lavande dont une grande maison de Grasse cherchait à se débarrasser vu les nuisances qu'elle produisait en même temps que les parfums. Les retombées financières atténueraient les odeurs, surtout que le holding pharmaceutique dont elle était une des branches était allemand. Simple comme le rêve d'un conseiller général ! Des devises fortes. De bons deutchmarks Teutons à Sauveterre ! Au lieu de ces éternels marginaux qui peuplaient la commune, ces repris de justice, ces harkis aussi arabes les uns que les autres dont on ne connaissait même pas le cours de la monnaie. En avait-il seulement une ces marchands de tapis ?

Et ce Dürbec qui continuait à faire fuir les invités. Bien sûr noiraud comme ça il devait avoir des chromosomes gitanos. Le désordre barbare contre l'ordre germain. Et ce dossier merdique qui lui restait sur les bras. Au secours Jehanne, saint Denis !

Pascal Barronet eut un éblouissement, glissa malencontreusement sur un carton d'invitation glacé qui traînait au sol. Au bord de la syncope, il se rattrapa à la manche gauche du sous-préfet de Briançon et on entendit le bruit épouvantable du coton peigné qui craque ! Le bouquet ! Plié en deux par un énorme fou rire au bras de Lalou, j'aperçus à travers un brouillard de larmes monsieur le Maire enchaîner rétablissements et courbettes d'excuses.

Même le père Gabriel qui n'était pas porté sur la rigolade laissa danser au fond de ses yeux des éclairs guillerets qui lui firent un visage franchement démoniaque.

Au-dehors, régnait une nuit épaisse comme on en avait pas connu depuis longtemps, un rideau glauque que les phares ne parvenaient pas à trouer.

Je mis un moment avant de repérer le nez de grenouille de ma D.S. parmi toutes ces silhouettes arrondies par une épaisse couche de poussière rougeâtre. Il fallut que je débloque à la main les essuie-glaces figés par cette gadoue volcanique. Lorsque je regagnai mon siège, Lalou s'était installée à mes côtés comme si ça allait de soi, l'œil mauvais.

Elle venait de s'engueuler avec Barronet qui lui avait reproché en vrac, ses origines, ses fréquentations, son accoutrement et jusqu'à la fragilité de la vitrine de sa boutique !

— Boutique mon cul oui, grommela-t-elle. Je l'emmerde. Dès que j'aurai assez de blé je me casse de ce village pourri, cap sur la Côte, celle des belles manières, des hommes sveltes, des barons, pas des Barronet.

— Ne rêve pas trop Lalou.

— Laisse tomber le raisonnable mon gros loup, ne me casse pas la baraque ce soir. Ramène-moi à la boutique s'il te plaît. Je ne t'en demande pas plus, je sais que je ne suis plus en beauté à cette heure, alors ne faisons pas semblant pour ça non plus.

Elle retira d'une main lasse ses godasses, des sortes d'échasses en croco, dégrafa son soutif rouge sang avec un soupir de soulagement et laissa aller sa tête contre mon épaule.

My god, elle entrait dans ma séquence préférée. Rouler dans la nuit hostile au volant de ma D.S. alors que l'univers entier se déchaînait alentour ! D'un long doigt nonchalant j'enclenchai la cassette et déclenchai une bordée de frissons de guitare, de la rauque pas rock, Calvin Russel au diapason d'une histoire d'amour qui ne serait jamais la nôtre :

85

I Love you like I never loved another
Listen to me
You're my baby.

Lalou se prit au jeu, glissa sa main dans la mienne à l'instant où je changeais de vitesse. On s'éloignait du campus après avoir séché les cours. Le rêve était acceptable puisqu'on savait que c'en était un.

— Tu sais j'ai pas fait d'études, mais j'aime tout ce qui est beau, donc cher. Il me faut du fric. Depuis toujours. Pascal Barronet en a beaucoup. Plus encore que tu peux l'imaginer. Tu peux pas savoir ce qu'il engrange comme pots de vin, dessous de table, droits de péage, de passage, d'ouverture de dossier, de fermeture de faux établissements qui n'ont jamais dépassé le stade de projets. Tu peux tout acheter à Sauveterre. Ceux d'ici, trop contents de voir se développer des activités, n'importe lesquelles, ferment leur gueule. Florent Ladouceur par exemple. Personne n'aime cet étranger au français biscornu et aux serpents gluants, mais quand il a prononcé le mot magique d'Institut Pasteur tu aurais vu la tronche des conseillers municipaux ! Les taxes d'installation, les taxes d'apprentissages, ça parlait au portefeuille ! Les harkis, Barronet les déteste, supplétifs ou pas c'est tous de la racaille arabe. Il les a combattus quand il était à l'O.A.S. puis au S.A.C. Mais 80 familles sur Sauveterre ça fait un paquet de subventions à engranger. Et tout est du même tonneau.

Je ne lui demandais rien, mais elle en avait gros sur la patate.

— C'est reposant d'avoir un seul client, surtout que

celui-là c'est peut-être le roi de l'intox mais pas de l'intro si tu vois ce que je veux dire. Il a pas d'imagination pour la chose. Pour moi ce qui compte c'est d'avoir ma boutique bien à moi, le reste je m'en fous. Mais ne t'y trompes pas. Tu dois bien penser que ce sont pas les panetières provençales ou les vases en pâte de verre qui font rentrer le fric. Le plus gros du marché vient et retourne à Marseille après un petit séjour chez moi pour se faire oublier. Le Milieu continue à me fourguer ses casses. Y a rien à dire, je prélève mon dû au passage. Commerce de transition comme on dit, blanchiment de l'argent sale comme écrivent les journaux qui feraient mieux de contrôler leurs infos. Timisoara ça laisse pas les mains très propres ça non plus, mais bref. Et alors la mon p'tit loup, je suis sur un gros coup, un sacré gros coup ; je l'aurai ma villa à Cannes. Je sais laquelle déjà, une masure en pleine ville sur un terrain comme à la campagne, les pieds dans l'eau et le cul sur la colline avec une coulée de vignes entre les deux. J'irai pas plus loin. Retraite tranquille. J'aurai mon vin cuvée spéciale « À l'impasse des vignes » servie pour les amis. Tu viendras quand tu voudras.

Mais je ne l'écoutais que d'une oreille. Ça avait disjoncté quelque part. Son histoire tournait court. Un tel trop plein de rêves sentait son malheur à plein nez. Y avait trop de coins d'ombre dans son topo au soleil. Le Milieu lâchait pas ses proies comme ça. On en avait jamais fini avec lui. Une dette en cachait une autre. C'est dans les séries de Télé que des Lalou passaient du Panier à Cannes. Dans la vraie vie elles changeaient de trottoir tout au plus.

La caisse tanguait sous les coups de boutoir du vent. Je naviguais à vue dans cet incroyable brouillard, cette haleine de Vésuve. Sauveterre marinait dans le nombril de Satan ou dans le trou du cul de Lucifer quelque chose qui avait à voir avec l'intimité du malheur. Je n'en soufflai mot à Lalou qui choisissait le papier à fleurs du salon de sa villa.

À la hauteur de la cité des Forêts tout paraissait calme. Il faut dire que la purée de pois n'incitait plus au rodéo. Dans l'habitacle protégé de la D.S. la voix chaude du country-boy hésitait :

I'm standing at the crossroads.

Lalou comptait et recomptait mes doigts. Je laissais faire. La réalité basculerait bien assez vite.

Le jeune Éric Rougny fidèle à l'esprit qu'on lui avait inculqué pendant ses classes dans les montagnes à vaches de Barcelonnette, nous voyant surgir de l'ombre cria par deux fois : «Qui va là?»

Ce petit con était capable de tirer après la troisième sommation comme à l'exercice. Je nous annonçai vite fait. Il nous pointa longuement avant de baisser la garde. Avec la fatigue sur fond de brouillard la rue n'arrêtait pas d'être parcourue de fantômes. Il continua à nous fixer comme si nous venions de l'au-delà, et refusa de rentrer boire un coup dans la boutique. Il en avait tellement entendu en début de soirée sur les fellouzes dans le Djebel, qu'il croyait avoir 20 ans dans les Aurès. Il voulut rentrer aussitôt pour faire son rapport à la gendarmerie, comme quoi rien ne s'était passé, et s'en alla bravement dans la tempête, façon légionnaire des sables. Je le sentais prêt pour la bavure et souhaitai aux mômes de la Cité de ne pas se promener à cette heure sans phare sur leur mob dans les ruelles du bourg.

L'objet du délit, un gros silex plein de facettes coupantes, ressemblait au milliard d'autres pierres qui tapissaient la campagne. Projeté trop haut, il avait décroché un bon quart supérieur de la vitrine, et à première vue le reste tenait bon.

— À quels petits cons faisais-tu allusion tout à l'heure ? demandai-je à ma compagne.
— Qui veux-tu que ce soit ! Les jeunes de la Cité. Ils me cherchent. Tu connais leurs valeurs : mère ou putain. Ils ont vite repéré d'où je venais. Ils meurent d'envie et de trouille de m'aborder, alors ils jouent aux merdeux, rentrent à plusieurs, font semblant de m'occuper pendant que leurs copains chouravent. Oh rien de bien méchant, des bibelots, des bagues parfois. Ils faucheraient des carambars si j'en vendais, ils connaissent pas la valeur des choses. Si je me penche vers eux corsage entrouvert ils se cassent vite fait des fois que leurs mères l'apprennent. Des petits cons quoi. Mais faut pas s'y tromper non plus c'est de la graine de racketteurs, petits frères de ceux qui font sauter les bars de la Canebière.
Elle grimpa à l'étage pour rejoindre son appart. Je l'accompagnai. Rien n'avait bougé dans cette bonbonnière toute en dentelles et fanfreluches roses où hélas on devinait la main de la propriétaire qui ne savait pas faire simple. Aussi chargée qu'une patisserie viennoise garnie d'un surplus de Chantilly. Mais c'était pas le moment de parler aménagement d'intérieur.

À l'improviste elle me roula un patin. Dans ce domaine rien ne vaut l'école de la rue et le côté fioriture était au point. Mais je n'avais pas l'âme à partager ma nuit. Je le lui dis simplement. Elle le comprit simplement.

Pour rester amis j'étais pas sûr qu'il faille aller plus loin. Nous nous sourîmes, plus fatigués que morts d'envie il faut bien le dire.

— Allez salut, à bientôt.

— Au revoir mon p'tit loup, 'tention au brouillard.

C'est en descendant sur mes talons pour fermer la porte qu'elle poussa un cri de colère :

— Merde ils sont rentrés par derrière !

Je me retournai. Elle avait tourné pâle comme ses abat-jour en opaline blanche, et fixait la porte de la courette qui avait été forcée. Elle se précipita dans la soupente sous l'escalier où les tableaux étaient entassés plus que rangés.

— Éclaire-moi s'il te plaît.

À la lumière de la lampe elle examina les toiles les unes après les autres, recommença à nouveau, puis une fois encore comme si elle n'y trouvait pas son compte et se redressa encore plus éprouvée, muette. Je la laissai reprendre ses esprits. Je sentais que c'était grave, qu'il ne fallait rien dire tout de suite. Au bout d'un moment elle me demanda une cigarette, puis releva le menton avec un regard dur, presque de défi.

— Ils ne me lâchent pas tu sais, mais je m'en fous. Qu'ils aillent se faire foutre. Je m'en sortirai.

— Qui ça : Kamel et ses potes ?

— Non : trop gros pour eux. Le coup de pierre dans la vitrine c'était pour faire diversion, orienter les soupçons vers la cité justement. Mais les pros, les voleurs de tableaux sont rentrés par la courette. Ils savaient ce qu'ils voulaient. Oh putain !

Elle prit sa tête entre ses mains, elle avait cent ans de tapin derrière elle. « Je m'en fous », répéta-t-elle. Elle se calma.

Je l'aidai à pousser une commode en châtaignier devant la petite porte. Seul un bulldozer aurait pu la forcer mais je gardai cette réflexion pour moi. Les bulls dans ce foutu pays étaient capables de tout. Elle voulut rester seule. Dernière bise, dernier au revoir, dernière confidence.

— On échappe pas à son destin à ce qu'on dit. Mais les gros bras du Panier peuvent s'accrocher. Ils se casseront les dents. Je sais trop de choses. Tu verras je l'aurai ma villa. Allez tchao !

Décidément chacun savait assez de choses pour faire chanter n'importe qui dans ce bled.

Il fallait que je fasse gaffe, pour l'instant personne ne savait rien sur moi, mais mon tour viendrait peut-être aussi.

Objectif, plein cap sur Roscodon. Dans cette nuit de brume et de cahot, si le pied nickelé de service voulait me pister, il avait intérêt à être équipé d'infrarouge.

Je démarrai en trombe. J'avais une vieille amitié avec le vent des sables. C'est pas lui qui ferait tomber ma moyenne surtout que la route commençait à m'être familière.

*

Le frère Marcel attendait que je me réveille, prostré sur un banc de pierre, la tête entre les mains. Même pas le goût de fumer la clope que le père Gabriel lui permettait de rouler après le café des matines. Trop abattu le jardinier de Dieu. Y avait de quoi.

Satan avait balayé l'Éden de son souffle sulfureux.

Le désastre était complet. La rosée du matin avait solidifié la poussière. La végétation agonisait dans une gangue volcanique. Pompéi au pays du sourire. Un linceul de lave pour le parterre d'iris jaunes. Le pet de l'Etna dans la soie des Sabots de Vénus. Oh tristesse !

Dès que j'entrebâillai les rideaux il se précipita vers moi, fébrile comme si seul un laïque pouvait encore expliquer cette malédiction.

Je lui parlai rigueur du temps, dépression des Açores, vents tournants qui raclaient le sol d'Afrique pour nous refiler son manteau de latérite. Il parut soulagé par cet angle d'attaque scientifique qui ne laissait aucune place à la faute primitive. Il ne faut pas, lui dis-je, confondre le magnétisme du globe avec la vengeance céleste. Rien de tel pour éponger l'inquiétude d'un religieux que de sortir la serpillière du positivisme. La revanche de Galilée !

Le frère Marcel se calma et me suivit jusqu'au cabanon où je lui proposai un café pour compléter celui qui lui était resté en travers de la gorge. Il l'accompagna même d'une large tartine qu'il émietta dans son bol avec ses mains de travailleur, de bonnes grosses paluches faites pour le rateau, la binette et l'arrosoir. Il reprenait goût à la vie, imaginant déjà des onguents d'herboriste, de la terre de bruyère saupoudrée de ginseng. Je le laissai à son alchimie et à sa cigarette qu'il avait doublée en douce et levai l'ancre pour le Sailor.

Rien de plus rassurant qu'une place du Midi au décor planté une fois pour toutes. Les chaises en bois attendaient le client à l'étroite terrasse du bar fraîchement lavée. Dans la pénombre de la salle, seau à la main, Ornella s'activait, nus pieds et pantalon corsaire. Petit matelot, ohé, ohé, qui donnait ses lettres de noblesse au Sailor.

Ravie de me voir la patronne. C'était réciproque. Je lui filai un coup de main pour ranger l'intérieur du bar, question de refaire connaissance tout en s'occupant les mains.

Pas un client à cette heure matinale. Les habitués savaient qu'il ne faisait pas bon encombrer les lieux quand l'Italienne briquait le troquet. Le vent des fous avait laissé son empreinte sur les verres et j'entrepris une séance de plonge, tout en parlant de tout, de rien, jetant des coups d'œil à l'extérieur.

Seule la Boutique d'Antan avec sa vitrine défoncée somnolait encore sur la placette où s'affairaient des santons de crèche occupés eux aussi au grand nettoyage d'après le foehn. Lou tapissier, lou horloger, lou bistroquet, lou marchand de journaux. Mais pas plus de Lalou que de Baltard ou Gaspazard. Elle devait se remettre de ses émotions, rêver aux collines enchantées de la Méditerranée.

Je racontai à Ornella les incidents de la soirée. Il est vrai que la veille les jeunes de la cité avaient pas mal tourné en mob, excités par la tempête comme des taurillons par des taons. Elle avait même refusé d'en servir quelques uns qui ne se contrôlaient plus.

On fit une pause-café, les doigts de pieds en éventail. Je me sentais en pays de connaissance, en vacances. Elle parlait vite, avec toujours ce regard vif qui devançait ses mots et l'envol de ses mains.

— Qu'est-ce que tu veux qu'ils fassent d'autre que de boire. J'ai organisé des soirées où ils s'amenaient avec leurs disques rap. J'ai même affrêté un car pour monter avec eux à la fête de la Bastille. Mais cette génération-là ne croit à rien. Pas d'avenir, avec même pas ces deux mots en étendard pour faire chier les bourgeois. Au-delà du « No Future ! » Alors s'ils brûlent une bagnole c'est toujours ça qui sort de leurs tripes. Même si c'est primaire, il vaut mieux casser un pare-brise que de se détruire la tête. Une voiture qui crame c'est moins désespéré que cette merde de drogue qu'ils se refilent en douce et qui casse leur vie. Si Barronet a la trouille de perdre son siège, il se remuera peut-être les fesses et fera autre chose que d'entasser des paumés en bout de parcours dans son bled !.

Je la regardai les yeux ronds. La veille, j'avais flirté dans ma tire, aujourd'hui je me retrouvais à dialectiquer comme au bon vieux temps à Nanterre ! Mais son air décidé me fit ravaler mes sarcasmes et je me hasardai seulement à une réplique édulcorée :

— Tu vas pas couvrir les conneries de ces petits mer-deux, c'est plus d'époque.

Qu'est-ce que j'avais pas dit là ! J'étais un privilégié coupé de la réalité sociale qui comprenait rien aux jeunes, un vieux réac capable de tout pour défendre les ailes de sa D.S. Elle avait pas froid aux yeux !

Nous partîmes de rire en même temps, sans trop savoir la part du vrai ou du faux dans ce rire. J'aimais bien ces échanges où l'on se cherchait mine de rien. Le soleil caressait nos jambes, je ne voyais pas le temps passer. 11 heures s'annoncèrent quelque part dans Sauveterre. Pas le moindre mouvement dans la boutique de Lalou. À l'étage les volets restaient clos.

Je commençais à ressentir une sourde inquiétude sans que je sache trop pourquoi.

Lalou n'était pas du genre à traîner au lit alors que sa vitrine était défoncée.

Les clients du matin commençaient à rappliquer pour siffler leur blanc-cass, debout au comptoir, vite fait bien fait, Mimine qui me croit au boulot n'en saura rien.

Ornella me confirma les habitudes matinales de Lalou, une des premières à ouvrir boutique. Bizarre, bizarre, vous avez dit embrouille ?

— Je t'accompagne.

Laissant-là les habitués, elle me prit la main et m'entraîna vers la boutique.

Rien de suspect par devant, le bec de cane était bloqué, la vitrine pas plus déglingue que la veille. Quelques graviers lancés contre les persiennes de la chambre ne donnèrent rien. Silence total. Il restait à contrôler l'arrière. Ornella qui connaissait Lalou depuis le jour où elle avait débarqué au bourg me devançait, plus inquiète que moi.

Elle avait raison. La porte était entrebâillée, une sacrée poussée pour venir à bout de la commode que j'y avais traînée la veille. Avec une barre de fer sans doute comme en témoignaient les traces d'effraction sur le chambranle, juste de quoi s'introduire jusqu'à l'appart du haut.

Pas le temps de me faire des reproches, je fonçai à l'étage en appelant Lalou, bien incapable de me répondre avec ce trou béant au cou, à hauteur de trachée.

Se retrouver pour la troisième fois sur les lieux d'un crime, ça faisait vraiment beaucoup pour un seul homme. Ne rien toucher, surtout ne rien toucher. Je stoppai Ornella dans son élan pour porter secours à sa collègue qu'elle ne verrait plus allumer sa clope du matin sur le seuil de la Boutique d'Antan. Elle ne comprit pas que je la retienne.

— Déconne pas, c'est trop tard, il n'y a rien à faire ici. C'est du travail de pro, du gros calibre qui ne laisse aucune chance.

Des traces de sang marquaient ses derniers pas, du lit où elle avait été surprise au couloir où elle s'était affalée, vidée de sa vie, débarrassée de ses soucis. Cassée la machine à rêver, ravalé l'acte de vente de la villa de Cannes, tirée la cuvée spéciale «Impasse des vignes». Y croyait-elle vraiment à cette vendange pour l'appeler ainsi?

C'est pas la colère qui me prit la tête, mais l'envie furieuse d'une vengeance immédiate. Faire bouffer sa langue au salaud qui flinguait une meuf sur le retour endormie dans son pieu, qui l'avait peut-être sautée par le passé, ou qui lui taxait du pognon pour qu'elle le fasse avec d'autres, ou qui cherchait du fric tout simplement.

Merde Lalou, on avait bien rigolé au milieu des pisse-froid du canton et des Énarques coïncés de la préfecture! Je t'aimais bien Lalou. Tu valais bien chacun d'eux.

Ornella tremblait, épouvantée et fascinée par le cadavre exsangue, le premier qu'elle voyait de sa vie.

— C'est horrible, c'est horrible Victor Boris.

À mon tour je détournai mon regard du sourire figé du tapin de la Montée des Accoules, de la reine des nuits blanches du Panier. Je pouvais même pas lui fermer les

yeux, m'en excusai à mi-voix, et c'était comme si je redemandais pardon à la dernière femme que j'avais vue dans
cet état définitif, allongée sur le sol africain qui suçait son
sang.

Mon passé tapi dans les replis de ma mémoire était toujours prêt à me sauter au visage, mais là, la similitude des
images lui donnait quelques excuses de ne pas savoir se
faire oublier. C'était pas le moment de transformer l'appart
de Lalou en mémorial des femmes abattues, il fallait se
casser, et vite. Pour faire de tels dégâts, la balle était sortie de la gueule d'un 357 Magnum ou quelque chose
comme ça. Une arme venue d'ailleurs. À la cité des Forêts
on n'avait pas ce genre de calibre. Je descendis à recu-
lons, encore une fois, entraînant Ornella par la main, souf-
flant sur les marches pour que la poussière du vent des
fous recouvre nos traces.

Sur la placette l'animation de midi battait son plein
en toute innocence. Sans un mot on avala un café arrosé
1/4 kawa, 3/4 calva. Ornella plaça sur la porte une de ces
petites pancartes qui lui permettait de fermer boutique
quelques heures et on essaya de réfléchir aussi calmement
que possible, ancrés au comptoir comme deux marins son-
nés.

Je la mis au parfum pour la commode en châtaignier
lourde comme une porte de tombeau, et pour le vol des
tableaux sur lequel Lalou était restée discrète tout en me
faisant comprendre que c'était un gros coup. Je parlais
en toute confiance, sans l'ombre d'une retenue. J'eus le
tort de lui raconter comment, craignant que le regard des
morts n'ait enregistré leur image au moment du meurtre,
certains assassins arrachaient les yeux de leur victime.
L'anecdote avait une vertu expiatoire. L'idée que Lalou

puisse rester toute une journée ou plus à regarder le plafond de sa chambre m'était insupportable.

Ornella trouva l'histoire de mauvais goût. Et quand,
comme pour m'enfoncer encore plus, je lui dis dans quel
Katanga j'avais vu cela, elle trouva que c'était tout mon
passé qui avait un drôle de relent.

La colère, l'injustice, les remords, je ne sais au juste
me montèrent à la tête.

— Qu'est-ce que tu crois? Que si j'arrive plus à dormir ces derniers mois c'est à cause des traites impayées
de ma D.S. ou parce que je bois trop de café? Y a pas de
morale à faire. Tu es en dehors de mon histoire, tu n'as
rien à en dire.

Silence. Elle avait une façon imparable de porter son
regard intense droit devant. Je m'arrachai du comptoir pour
aller chercher l'écran de mes Ray-Ban.

— Victor Boris? Quel que soit ton passé, ne t'imagine
pas que je crois que tu as fait le coup ou que tu me fais
jouer le rôle de couverture. Alors laisse tomber ta parano
et tes lunettes et cherchons ensemble.

Aucun reproche sur son visage grave. Un intérêt assez
subtil pour ne pas me faire fuir sur le champ. Je contournai le bar pour me retrouver cette fois épaule contre
épaule, recevant directos son odeur, qui me collait à la
peau.

La rêverie n'eut pas de suite. La Sailor *love story* fut
interrompue par l'apparition de la 604 noire de monsieur
le maire qui se gara le long du trottoir à l'entrée de la placette comme un qui veut pas signaler où il se rend. Après
un bref coup d'œil alentours, il sortit une clef de sa poche,
et ouvrit la porte de la Boutique d'Antan. Qu'il ait un

double des clefs de sa maîtresse ma foi pourquoi pas. C'était le privilège des amants. Mais par qui avait-il été prévenu ?

Nous nous fîmes tout petit derrière le comptoir, écoliers fautifs d'avoir découvert avant l'heure le pot aux chrysanthèmes.

Le temps passa. Quelques clients surpris hochèrent la tête devant la pancarte, puis repartirent. On pouvait pas rester plus longtemps comme ça. J'allais m'installer à la terrasse. Son retour fut grandiose. *Comediante !* Après un bon quart d'heure passé au chevet de Lalou, il se précipita vers le Sailor, l'air hagard, demandant à téléphoner d'urgence comme s'il venait à l'instant de découvrir le drame. À quoi jouait-il ?

Les gendarmes arrivèrent dans les cinq minutes, bruyants, brouillons. Florent Ladouceur que le hasard avait placé ce jour-là, à cette heure-là, sur ce trajet-là, crut à son destin et se précipita sur les talons du maire des fois qu'il y ait quelques serviettes à porter.

J'emboîtai le pas au cortège qui piétinait les indices en se pressant au chevet de la morte qu'on avait replacée sans ménagement sur son lit des fois que le prince charmant fasse un come-back.

Surtout qu'elle était de plus en plus morte la princesse du Panier et d'une sale manière qui n'avait rien à voir avec ce que j'avais vu quelques instants auparavant !

On avait calé sa tête avec trois oreillers pour qu'elle ne roule pas à ses côtés. Une entaille béante sur son cou la faisait sourire d'une oreille à l'autre à présent !

Merde, misère du monde, mille fois merde ! Pendant que je ruminais au fond du Sailor en pensant à son regard perdu quelqu'un se chargeait de lui ouvrir sa gorge de

99

morte. Ce n'est pas son regard qu'on lui avait volé, mais son dernier souffle qu'elle avait mis de côté pour le voyage vers l'au-delà. Bien sûr la blessure par balle avait disparu, noyée dans l'amas de chair tranchée. Des couteaux capables d'une telle blessure on en trouvait dans les poches de tous les gars du bourg, travailleurs et désœuvrés, surtout chez les désœuvrés et encore plus chez les désœuvrés arabes. Recouvrir un indice plutôt que de le faire disparaître c'était du grand art, surtout quand on orientait l'enquête vers un milieu tout désigné.

À mes côtés, Barronet pérorait, donnait des ordres, se prenait pour le juge d'instruction. Alors là, je ne sais pas ce qui me prit, mais je le saisis par le revers de son costard croisé, le forçai à me regarder, et l'apostrophai d'un tutoiement sans appel.

— C'est en bas qu'on s'est rencontré pour la première fois monsieur le Maire et Lalou était là bien vivante, avec toutes ses dents pour sourire au lieu de cette charcuterie qu'elle dégueule aujourd'hui. Tu la connaissais bien Lalou et tu en sais certainement plus sur elle que nous tous ici. Alors t'as intérêt à éclairer la Justice parce que ton village de merde il ne demande qu'à retourner à l'état minéral qu'il n'aurait jamais dû quitter, toi au milieu, fossilisé comme une vulgaire ammonite.

Florent Ladouceur interposa sa carrure de garde du corps. Bouledogue qui défendait le maître qui l'attachait. On allait pas se battre au chevet de la petite tout de même. Le voile rouge qui m'aveuglait se déchira et je lâchai prise. Il s'affaissa comme un pantin sur le lit de celle qui avait essayé de le faire monter au 7e ciel.

Les trépidations de nos pas sur le plancher déclenchèrent

le ressort d'un petit automate, un soldat de l'An II qui coiffait une bonbonnière en forme de tambour. Il se mit à tourner et à saluer le groupe grotesque que nous formions au pied du lit de la morte. Éric Rougny, le jeune brigadier qui montait la garde la veille au soir, incrédule, se signa en entrant dans la pièce, glissa quelques mots à Joseph Chamefaux qui me demanda derechef de venir déposer dès le lendemain matin à la brigade. O.K. c'était dans la logique de l'enquête. Il faisait son boulot. Bientôt ce serait la ronde des fouille-merde : juge d'instruction, légiste, journaleux. Rognures d'ongles et vie privée.

Je retournai au Sailor pour informer Ornella qu'à Sauveterre même les cadavres en faisaient trop. La rumeur m'avait précédé. Le gyrophare n'était pas passé inaperçu. Il y avait foule au bar. Certains commerçants voulaient baisser leur rideau en guise de protestation. D'autres laissaient entendre que quand on venait du Milieu il ne fallait pas s'étonner de finir dans la marge. Des passants bien renseignés et mal intentionnés parlaient du sourire kabyle en lançant des regards appuyés vers les jeunes harkis qui se sentant visés faisaient bloc autour de la babasse avec leurs têtes des mauvais jours.

Marguerite, tassée dans un coin, tournait sa cuillère dans une tasse de thé vide, choquée par ce qu'elle entendait, soliloquant, confondant la mort de Stanislas avec celle de Lalou.

Je m'asseyai à ses côtés. Aujourd'hui elle avait trente-six tics, mille rides, cent vingt ans. Ses doigts tremblaient légèrement comme sous le souffle de l'ange Gabriel qu'elle sentait tourner sur les Hauts-du-Maure. Je pris ses mains décharnées dans les miennes et elle se calma un peu.

— Victor Boris, comme les départs sont tristes. Stanislas et Lalou se connaissaient. L'un vendait, l'autre achetait. Des broutilles. Pauvre Stanislas qui croyait duper ses belles. Mais elles les laissaient traîner exprès leurs bagues ! Moi même je l'ai fait. Qu'est-ce qu'on ne donnerait pas pour être aimée une dernière fois ! Un brillant contre de la tendresse, mais ça ne compte pas ! Vous verrez Boris, vous verrez. Lalou nous aimait bien, elle s'en foutait de ce petit trafic. Quand Stanislas s'était refait au Casino elle les lui revendait ses bagues mises en dépôt. Ces derniers temps cependant, je crois que Stanislas avait des ennuis avec madame Suzanne, une nouvelle qui voulait porter plainte pour se venger de ses infidélités. Boris ! Stanislas fidèle ! Pourquoi pas cul-de-jatte !

Elle s'était mise à sourire la vieille dame indigne, des paillettes plein ses yeux délavés en évoquant son compagnon coureur de jupons.

Le ton montait dans la salle. Ornella calmait Kamel qui voulait en découdre avec une équipe de boulistes qui éructaient leur haine envers «ces putains de bougnoules qui trente ans après continuent à se servir du couteau comme pour égorger des moutons». De la haute littérature de café du commerce. Et ça Ornella ne le supportait pas. Capable de claquer le beignet à Kamel pour lui dire de s'écraser, mais aussi capable de voler dans les plumes de l'élite de la pétanque pour leur demander de fermer leur gueule vite fait ou de se tirer chez leurs bonnes femmes. Et les deux parties d'acquiescer. Sacré capitaine du Sailor, pourfendant l'intolérance jusqu'au pied de son comptoir, belle comme la jeunesse d'Irène Papas, vibrante de vie du menton au talon. Un tourbillon de fraîcheur vive dans cette tourmente morbide qui balayait la placette.

Quelque temps après les beurs décrochèrent, traversèrent la salle en fixant chacun de regards définitifs jouant la provoque. Coqs montés sur leurs ergots, ou plus exactement sur leurs Reebock, car les rois des rodéos des soirs de brume, avançaient dans la vie sur les coussins d'air de leurs «Pump II high», des must à 1300 balles la paire, qui laissaient loin derrière eux les savates de corde de la clique des boulistes. C'était pas demain la veille que les communautés iraient d'un même pas sur le chemin de l'intégration.

Ornella qui en avait vu d'autres m'entraîna à la fraîche.

— Pour Lalou c'est fini. Mais les choses qu'on a vues il faut qu'on s'en serve. Je t'aiderai si tu veux à, à... (elle cherchait ses mots, consciente que je pouvais me refermer comme une huître)... à comprendre ce qui s'est passé ces derniers temps à Sauveterre, enfin si tu veux et si c'est ce que tu cherches.

Ben oui, justement, je passais à la phase trois de ma thérapie puisque les cadavres poussaient sous mes pieds comme crottes de brebis sous les pas du berger. Dépression, désertion, action !

Qu'on aille se balader demain sur les bords de la Méouge à quelques encâblures d'ici puisque justement c'était mardi jour de fermeture du troquet ?

— Pourquoi pas ? Oui d'accord, m'entendis-je répondre.

Ornella me rappelait que tous les cailloux du monde ne pouvaient empêcher les rivières de couler et que la mémoire des disparus n'était pas hostile à des projets de pique-nique. On se quitta sur des paroles dont la banalité me serra tout-à-coup la gorge.

— N'oublie pas ta serviette, j'amènerai le vin, le soleil sera de la partie, à demain.

C'était bien fragile, mais pour avancer il fallait repartir de peu. J'avais envie ce soir de me laisser piéger par mon envie. D'aller voir ailleurs si j'y étais encore.

Le frère Marcel avait fait du bon boulot. Le jardin avait retrouvé son éclat. Lorsque la taille ou le repiquage lui avait semblé vain il avait tranché dans le vif. S'il y avait moins d'épaisseur par ci par là dans les massifs, les azalées dressaient joliment leurs têtes et les lys des Pyrénées se la coulaient douce en balançant leurs calices sur mon passage.

Je me promis que lorsque Lalou reposerait en paix, quand le médecin légiste lui aurait refait un dernier lifting pour qu'elle soit présentable, je taxerai au jardinier ses trois ou quatre plus belles orchidées pour les déposer entre ses mains croisées. Elle aurait aimé ça, un bouquet chic sur sa plus belle robe. Un de ceux qu'elle aurait même pas trouvé chez les fleuristes classieux de la place de la Bourse.

*

Sortir avec une nana c'était sortir de sa peau. Un rapide coup d'œil au miroir du lavabo pour contrôler ma silhouette. Ma foi l'ensemble avait de la tenue. Je me versai une grande lampée d'eau des fois que les bulles activent mon métabolisme. Mais Vals c'était pas Lourdes.

Un moinillon que je ne connaissais pas s'affairait à touiller une gamate de ciment du côté de l'atelier de reproduction. N'écoutant que ma curiosité j'allais roder par là, gros matou innocent, faussement méditatif.

Il avait envie de parler comme la plupart des novices qui souffrent de leur tête-à-tête exclusif avec un Dieu terriblement invisible et muet. Le frère maçon, truelle à la main, cheveux sur la langue, me parla ciment à prise rapide, dosage de sable, barreaux d'acier.

— Et Dieu dans tout ça lançai-je juste pour le brancher.

C'est pas tous les jours que je pouvais faire rougir un jeunot de l'Église.

D'accord, le père Gabriel lui avait demandé de placer des protections aux fenêtres de l'atelier suite à une série de cambriolages au village. Cette tâche simple lui permettait d'entretenir la maison de Dieu, car le jour de la Résurrection on aurait bien besoin de bâtiments en bon état pour loger tout ce monde, pensez, depuis le temps ! Et il ne plaisantait pas !

Encore un séminaire mal digéré dans une époque trop superficielle ! La foi selon MacDo. Mais sa façon de zozoter le mot « résurrection » me le rendit sympathique.

Pour achever de le désorienter je lui dis que la cambriole dont il avait eu vent s'était doublée d'un meurtre. Qui plus était, du meurtre d'une prostituée. Oh Marie-Madeleine ! Il faillit se signer avec sa truelle mais trop tard, elle était soudée au ciment très prompt de sa gamate. Il venait d'apprendre à ses dépens qu'il ne fallait pas se laisser séduire par un beau parleur lorsqu'on avait en charge une mission divine, surtout s'il était laïque.

Je m'étais réveillé guilleret, cet épisode acheva de me mettre en joie.

Moins que le père Gabriel fort mécontent qui justement passait par là. Au lieu de me reconduire dans mon secteur comme il l'avait déjà fait, il se mit à engueuler l'autre niais appliqué à casser à coups de burin le bloc de ciment où se dressait sa coupable truelle. Vieille tactique de directeur de conscience bien emmerdé. Je m'éloignai en sifflotant, rien à me reprocher. Après tout je payais ma piaule. Il me rattrapa alors que je m'apprêtais à démarrer.

— Victor Boris, l'esprit de ces jeunes qui se retirent à Roscodon est encore fragile. Rien ne sert de troubler leur âme avec ce qui se passe à l'extérieur. Excusez sa naïveté.

S'il voulait en rester là, il se gourait un max. J'aimais pas ses coups d'archet.

— Monsieur Gabriel, j'arrivais pas à lui donner du père, Monsieur Gabriel, vous connaissiez la femme qui a été assassinée à Sauveterre ? À vous voir faire ces travaux j'ai l'impression que vous n'êtes pas si sûr que ça qu'il y ait un monde de l'extérieur et un monde du dedans à l'abbaye. La mort du jeune Julien a déjà fortement mis à mal ce mur de partage. Celle de l'antiquaire semble avoir agrandi la brèche. C'était une amie Lalou. Si c'est son passé qu'elle a chèrement payé, paix à son âme, c'était dans le droit fil de son destin, mais j'aimerais être sûr qu'il ne s'agit pas d'une dette actuelle qui laisserait des créanciers mesquins impunis sur la commune.

Je ne savais pas ce que j'avançais exactement, mais on aurait pas fait passer le quart du huitième de la moitié d'une rondelle d'hostie entre ses mâchoires. Je le laissai là, tétanisé sur le parking de l'abbaye.

Encore une corvée avant le plaisir. Débiter quelques mensonges au brigadier chef. Pas besoin de réviser, c'était du tout vu : j'avais laissé Lalou sur le seuil de sa boutique. Rien de plus.

L'agencement des locaux de la gendarmerie reflétait la simplicité qui présidait à la vie intérieure de ce sanctuaire de l'ordre provincial.

Un rez-de-chaussée auquel on accédait par un perron de trois marches, symbole de l'autorité, quatre pièces réparties de part et d'autre d'un couloir central barré d'un sobre comptoir à peine égayé par quelques prospectus à la gloire de la profession, et un garage accolé à ce cube qui servait d'assise à l'étage réservé aux appartements de fonction. Un cube travail, un cube famille. Le cube patrie était sous les képis. Mais dans quel état !

Le planton de service, un appelé du contingent séduit par la proximité des Alpes, mais qui depuis plus de six mois n'avait franchi en guise d'escalade que la plus haute marche du perron, se mit au garde-à-vous en apercevant ma D.S. noire.

Je savourai cet instant de gloire qu'avait partagé avant moi le général de Gaulle bien que ses anciens potes de l'O.A.S. lui aient troué sa carrosserie. Qui n'est pas propriétaire d'un tel bijou ne peut comprendre la colère du général qui condamna à mort le coupable d'un tel crime. Le jeune Bastien Thiery en était resté à la mythologie de la Libération croyant qu'on pouvait traiter une D.S. comme une vulgaire traction avant des F.F.I. ! De Gaulle n'était plus dans la Résistance, l'erreur lui fut fatale.

Fin de mes réflexions, mais pas du mythe. Je sortis de ma limousine façon Marcello Mastroiani dans « la deuxième victime », verres fumés à la main.

Je pouvais épouser les personnages qui me traversaient l'esprit en une seconde, c'est pourquoi je m'ennuyais rarement. Pour ce genre de sport ma D.S. était une sacrée boîte à images.

Joseph Chamefaux sur la sellette depuis une semaine, reposait le combiné du téléphone lorsque je franchis la porte de son bureau, le planton sur mes talons. C'était justement le procureur au bout du fil qui l'invitait à balayer large en évitant tout remous au sein de la population. Il transpirait à grosses gouttes et les plis de sa chemise repassée au carré faisaient gouttière, ce qui lui donnait la très désagréable impression d'avoir une serpillière humide à la place de la ceinture. Il se leva pour résoudre ce problème et venir au devant de moi, mal à l'aise face aux reflets de mes carreaux. On n'interrogeait pas n'importe comment un type qui logeait chez les frères, que l'on croisait aux réceptions et qui se permettait d'alpaguer le maire par le collet en le tutoyant.

Il avait récemment eu vent qu'au ministère de l'Intérieur on enquêtait sur les petites brigades de province soupçonnées de malversations. Pas le moment de faire une gaffe et d'agacer un haut fonctionnaire en mission top-secret pour se retrouver à nouveau en bas de l'échelle des promotions, cinq ans encore dans ce bled alors que sa femme qui était jolie, trop disaient certains, était déjà installée à Gap dans un logement mitoyen de celui du flûtiste, célibataire et beau garçon.

Il demanda au planton de préparer deux cafés, ce qui laissait le temps à sa tachycardie de se calmer et à son esprit d'agencer des questions à tiroirs qui lui permettraient tout à la fois de satisfaire l'enquête, le proc, le préfet, le maire, les communautés de Sauveterre et sa femme.

Il se jeta à l'eau.

— Un ou deux sucres ?

C'était timide comme entrée en matière. Je le soula-
geai en lui apprenant que je ne sucrais jamais mes bois-
sons, et que je ferais tout mon possible pour faire avancer
ses investigations. Trop content que je le prenne ainsi il
appela Éric Rougny pour enregistrer ma déposition sur
une petite Canon électronique en espérant que j'en dédui-
rais que la ligne « petit matériel de bureau » du budget de
la brigade était bien utilisée si des fois j'étais un sous-
marin de l'Intérieur.

Le secrétaire-brigadier ne m'aimait pas, c'était évident.
Il devançait les questions de son chef et il fallut que je
lui rappelle que s'il avait contrôlé l'arrière de la Boutique
d'Antan le soir fatidique, ça aurait peut-être évité le
drame.

J'étais gonflé mais son profil de jeune loup la rigueur
me tapait sur les nerfs. Il s'écrasa sous l'œil réprobateur
de Chamefaux qui me réclama de l'autre l'indulgence pour
cette fougue mal employée. L'enquête démarrait sous le
signe du strabisme, la vérité n'y gagnerait pas. Mais
j'aurais la paix. C'est ce qui se passa, ils n'insistèrent pas
et je signai une déposition molle confirmant que je
n'avais rien remarqué de suspect lorsque j'avais laissé
Lalou devant sa boutique. L'info du siècle.

Chamefaux était soulagé. Le vent des fous garderait
longtemps son énigme, mais il n'aurait rien à se reprocher. Le conservatoire de Gap était à portée de sa main.

Éric Rougny méditait sur le chemin qui lui restait à par-
courir avant d'être galonné, ce qui lui aurait permis de
me poser les vraies questions qui lui brûlaient les lèvres.
Qu'est-ce que j'avais voulu insinuer au chevet de la

morte en m'emportant contre le maire ? Pourquoi j'avais déclenché la colère de Dürbec ? Et *in fine* pourquoi depuis mon arrivée somme toute récente à Sauveterre les dossiers « Spécial Macchabée » s'entassaient sur son bureau ?

Mais tout le monde se sourit. On était en bonne compagnie, du même côté du manche, la meilleure place pour se saisir de l'outil et taper sur les autres. Car ils étaient nombreux « les autres », les suspects, d'autant plus suspects que rien vraiment ne les désignait ! C'est sur cette logique policière que broda Chamefaux qui se mit à éplucher Sauveterre comme un oignon, couche par couche à faire pleurer les sociologues du ministère de la Ville. Les jeunes harkis désœuvrés et leurs parents qui viraient intégristes. Les loubards de Marseille, toujours à l'affût d'un mauvais coup ils avaient ça dans le sang. Les anciens du spectacle qui avaient jadis touché à la coke ce dont on ne se remet jamais tout à fait. Les touristes de l'été plus ou moins baba ou en tout cas pas très nets ou Hollandais qui, les lieux repérés en août, revenaient faire leurs coups en fin de saison. Le Milieu marseillais qui croyait que les trottoirs du Panier se prolongeaient jusqu'à Sauveterre.

Je le stoppai net dans son analyse alors qu'il s'attaquait à la dernière pelure de l'oignon, dite de l'herpétologiste canadien.

— En quelque sorte rien que des étrangers au pays si je vous suis bien ?

— Vous voulez dire que quelqu'un de Sauveterre aurait pu… ?

— Oh monsieur le Brigadier-chef je n'irai pas jusque là, mais comment savoir qui est vraiment étranger. La plupart des jeunes, fils de harkis ou de commerçants sont d'ici, nés dans la commune malgré leur apparence, heu, méditerranéenne. À l'inverse parmi les gens du bourg j'ai croisé croyez-moi quelques belles trognes de suspects sans parler de nos amis de l'abbaye.

J'y avais mis les formes mais ça n'empêcha pas le Joseph de s'appuyer au comptoir d'accueil pour souffler un peu.

— Vous, vous savez quelque chose d'autre sur l'abbaye ?

— Non, sinon je vous l'aurais dit. Mais il n'est jamais bon d'avoir une zone franche dans son territoire d'enquête. Rappelez-vous que le corps du jeune Julien a été retrouvé près des bassins de Roscodon.

Sa journée était définitivement gâchée et il était même prêt à envisager le pire entre sa femme et le flûtiste, alors que tout s'annonçait bien pour moi, avec juste assez de brise dans l'air pour tempérer le pique-nique.

*

Ornella m'attendait à la terrasse du Sailor, short et débardeur cerise d'au moins trois tailles au-dessus de la sienne, un foulard canari autour du cou, un panier en paille multicolore à ses pieds. Bien repérable ! À peine le temps d'apercevoir ce tableau polychrome que, collégienne impatiente elle était déjà sur le siège de la D.S.

Dans mon rétroviseur j'avisai aussitôt la silhouette désespérante de la 4L rouge. Pauvre con pensai-je, viens pas t'y frotter ou je te fais avaler tes vipères et tes seringues.

— T'en fais pas, Florent Ladouceur suit tout le monde ici.

J'avais oublié qu'elle était intuitive. Elle poursuivit :

— À lui tout seul il fait le boulot d'une cellule des R.G. Il croit qu'en inondant le bureau du maire de ses petites feuilles quadrillées (je lui en ai piqué quelques unes dans sa 4L) il gagnera sa reconnaissance et son billet pour l'Institut Pasteur. Pas un mauvais cheval, mais qui deviendra méchant lorsqu'il comprendra qu'on se fiche de sa gueule et qu'il travaille pour des salauds.

J'effectuai un demi-tour sur place comme seules ces bagnoles en sont capables et fis un bras d'honneur au barbu du lac Saint-Jean qui grimaçait de douleur parce qu'il venait de se cogner les deux genoux en essayant de se dissimuler sous le tableau de bord. Encore un à qui j'avais gâché la journée !

À quelques kilomètres de là une petite route goudronnée échappait à l'emprise du plateau et plongeait vers le vallée de la Méouge, entre falaise et parapet.

À une époque pas trop lointaine les glaciers avaient raboté la dalle de granit et l'eau peu à peu réchauffée y avait sculpté son lit avec des oreillers de galets géants. Du côté de Sisteron vers où nous nous dirigions des coulées de verdure enchassaient cascades, goulets et piscines hollywoodiennes. C'était de toute beauté. Un incroyable bijou de fraîcheur dans un écrin de granit. Toutes vitres baissées je humais cette odeur oubliée de genêts et d'eucalyptus.

Au gré des caprices du vent la pointe du carré de soie jaune contre ma joue me rappelait la proximité d'Ornella. Comme un navire remis à l'eau, mon corps craquait de toute part, laissait sa carcasse s'étirer, ouvrait les écoutilles et je sentais comme «les grands voiliers aux mâtures légères glissant sur le ciel » mon beaupré prendre vigueur ! Adieu Calaferte, salut Maupassant !

Qu'est-ce que c'était bon de réapprendre à vivre, de sentir s'écouler le trop plein d'énergie du haut de la tête vers le bas, comme entre les cuisses d'un sablier. J'évitai in extrémis un hérisson pépère endormi en plein jour sur la route comme un pochard au retour de foire. Ornella vint à son secours, le poussa cul par dessus tête ou l'inverse allez savoir où est l'avant où est l'arrière, jusqu'au fossé où il poursuivit son roupillon.

Penchés à mi-corps par-dessus le parapet nous repérâmes quelques lacets plus bas de minuscules plages coincées entre des rochers luisants comme des dos de dauphins et des arbustes kamikases accrochés à angle droit en surplomb de la falaise. Ce serait là que nous mettrions au frais nos corps et notre bouteille de rosé des sables. Aussitôt dit aussitôt fait. Le temps de trouver une niche garage dans la falaise car nous n'étions pas les seuls à avoir eu cette idée d'escapade, et nous dévalions un sentier de chèvres. *Vamos a la playa.*

Des congés payés attardés dans la saison s'étaient agglutinés autour des premiers ronds d'eau, mais quelques encablures plus haut c'était le Zambèze avec hippos et crocos. Dans la pente je m'agrippais aux touffes de lavande en serrant très fort la main d'Ornella. En bas il y avait juste assez de sable pour deux, une douce semoule mille et mille fois moulinée par la rivière.

À peine le temps de poser ses dessus et dessous sur une pierre, elle piquait une tête dans les marmites de géants polies comme des nombrils de baleine.

J'aperçus l'éclair de ses fesses et comme un benêt

113

hésitais à la rejoindre. Une giclée de rires et d'eau gla-cée me rappelèrent à l'ordre et je courus vers elle, ne sachant que faire de mon sexe qui me sembla soudain démesuré alors qu'il n'était qu'incongru. Et nos gestes se répondirent sans qu'on pense un instant à les accor-der. Ça allait de soi. Les plongeons fous, les fous rires, les rires à deux, les quatre mains, les jeux de cache-cache et Ornella qui d'un coup de reins s'assit au bord de la pis-cine de grès toutes cuisses dehors, attendant que je m'ancre à son ventre. Elle devint sérieuse dans le plaisir et ses mains ne quittèrent ma nuque que lorsqu'à mon tour je lui donnai le mien. Nos cris ne franchirent pas la bar-rière complice des dauphins. On se traîna comme des tor-tues en mal de couche droit sur la plage chaude pour goûter, chacun pour soi dans sa tête, les sensations qui roulaient en nous. On se regarda, premier matin du jour, un peu éton-nés, puis franchement amusés par l'urgence de nos élans, et comme le moindre mot aurait été de trop on se contenta de sourire en silence.

Le rosé qu'elle servit dans les verres à facettes avait pris un coup de chaud mais on s'en foutait royalement. Je la coiffai d'une casquette identique à la mienne, vert pomme avec une visière démesurée. Y avait pas plus Italienne ainsi vêtue de candeur bistre et d'arrogance fluo. Jamais je n'aurais imaginé être à nouveau ému à ce point devant un corps de femme et de peur que ça se voit je cachai mon regard derrière mes lunettes, geste qui eut le don de l'énerver. En un bond elle fut sur moi, faisant rou-ler casquette, Ray-Ban et rosé vraiment des sables, riant à gorge déployée et quelle gorge.

— Victor Boris laisse voir tes yeux, t'invente pas un tchador. On est à égalité. Je crains autant que toi les questions et les vérités que suscite notre rencontre. Je ne pensais pas rompre la trêve d'homme dans laquelle j'étais, mais voilà c'est fait et je n'ai pas peur que ça se voit. Alors de ton côté laisse le voile sur ton passé si tu le désires, ça ne me gêne pas, mais laisse-moi voir tes yeux.

Je les fermai pour l'embêter. Pour se venger elle m'imposa la fraîcheur de ses seins sur mes paupières.

Bien après, la faim nous prit et Ornella disposa sur la nappe à carreaux la charcuterie de montagne et les fruits de la Durance.

Le bonheur ! À deux, ouais à deux ! J'esquissai un pas de danse sauvage la bouche pleine et même si je ressemblais à un ours de foire elle me trouva beau. Je n'osai lui faire répéter.

Puis forcément on en vint à parler de Lalou. Il y avait plus de tristesse que j'aurais supposé dans sa voix. Elle l'avait vue débarquer à Sauveterre, emballée vite fait par Barronet, puis s'installer à la Boutique d'Antan qui sentait son trafic à plein nez. Trop peu de clients pour qu'elle tourne et pourtant elle tournait. Plus tard elle avait été au courant des petites emmerdes que lui causaient Kamel et sa bande. Si elle avait su que c'était grave elle les aurait virés du Sailor.

— Si les classes opprimées jouent aux malfrats, les prolétaires de tous les pays ont intérêt à ôter leurs bagues avant de se donner la main ! Je plaisante à moitié seulement. Il faut pas accepter le chantage, jamais, Victor Boris, même celui des exclus sous prétexte qu'ils ne sauraient pas ce qu'ils font. C'est pire que la gangrène, la porte ouverte au racket, au lynchage.

J'avais pas toujours donné dans cette analyse, mais chacun son passé. Je la branchai gentiment.

— Oh, Napolitaine au sang chaud, n'importe quel novice des R.G. décoderait ton vocabulaire : «classe opprimée, prolétaire, exclu ! » Alors, anarchiste, trotskyste, lambertiste, situationiste, mao, spontex ? Demandez le glossaire !

Mi-figue mi raisin l'expression de son visage, mais le contraire de la dérobade.

— L.C.R., oui.

Pas la nana à faire des pirouettes ; j'avais à apprendre d'elle.

— J'ai fait des études de lettres à Orléans dans les années 80 et pris en main la section de la Ligue qui battait de l'aile. Je me suis présentée aux élections municipales : j'étais morte de trouille, les copines me faisaient avaler des kirs avant de monter à la tribune. Résultat 1,5 % des voix ! On a fêté ça au pétillant de Montlouis. C'était une époque formidable. Puis la roue a tourné, mais pas le sens de l'histoire.

Je fermais ma gueule, moi pour qui l'histoire des peuples se confondait avec la valse des chefs d'État dans le tiers monde… Lalou devait se marrer au plus haut des cieux à nous voir nous empêtrer dans nos différences. Son ange perso survola la plage. Je pris la main d'Ornella, elle glissa ses longs doigts entre les miens. Tout était O.K.

On se baigna à nouveau, on escalada le flanc des dauphins en rigolant comme des mômes, on se laissa emporter par le courant comme à Aqualand, on piqua une petite sieste puis on se caressa à nouveau avec des mots et des gestes de grands.

Les suppliciés de Sauveterre, les maquilleurs de crime s'étaient éloignés sur la pointe des pieds respectant notre désir et nos pudeurs. Exister pour soi et un peu pour l'autre c'était un challenge formidable. Musique maestro ! Le crin-crin des cigales avait remplacé les striduli des grillons de l'abbaye.

Je racontai comment le frère Marcel apprivoisait le lys et l'orchidée dans les jardins à deux pas de l'atelier où d'autres moines les reproduisaient sur papier vélin.

Elle m'écoutait nonchalamment allongée à poil sur le petit foulard canari. J'aurais causé pendant des heures. C'était vrai qu'à part l'épisode de Julien, l'abbaye m'offrait un refuge où je me sentais à l'écart de cette folie qui secouait Sauveterre. Pour garder ma tranquillité j'étais prêt à trouver des excuses au père Gabriel.

— À notre époque si tu ne mets pas une clôture autour de ton jardin, tu te réveilles un beau matin avec une tente plantée au milieu de tes salades et une joyeuse équipe de campeurs en train de préparer des brochettes.

Ornella rigola doucement de mes bons mots certes, mais aussi de ma naïveté.

— Tu sais qu'avant la rénovation de l'abbaye qui a coïn-cidé avec l'arrivée du père Gabriel, j'allais en balade du côté des bassins. J'ai changé l'itinéraire de mes virées mais je passe toujours devant le portail d'entrée. Tu verrais cer-tains jours les bagnoles sur le parking ! Des limousines aux vitres teintées des fois qu'on reconnaisse les occupants des places arrière, des sortes de bunkers à roulettes aux phares carrés faits pour décourager la Mafia, immatriculés en Allemagne, Suisse, ou dans les ambassades, pas la deu-deuch du curé de campagne qui viendrait marchander la planche manquante de son herbier paroissial !

— C'est ton côté bolchevik bouffeur de curés qui res-sort.

— C'est ton aveuglement de baroudeur romantique qui te poursuit.

Le différend se régla à la déloyale, moi sur elle. Les cigales arbitrèrent. Je ne suis pas sûr d'avoir gagné en fin de parcours. Elle avait semé le doute dans mon esprit. Le nez sur l'événement, je devenais aveugle, surtout si je ne voulais rien voir. Sous cet éclairage, l'injonction sans appel du père Gabriel lorsque je m'étais aventuré sous les fenêtres de l'atelier prenait tout son sens. Y avait-il réellement une zone interdite à Roscodon ? Et si les pelleteuses n'étaient qu'une mise en scène ?

Les pique-niques ont toujours une fin, les fourmis le savent bien. Le soleil bascula derrière la falaise et tel le célèbre couple on se rendit compte de notre nudité. À la différence près qu'on en avait toujours pas honte. Le retour fut calmos, plein de tendresse mais sans promesse. À nous d'inventer la suite.

Après avoir déposé Ornella dans son appart au-dessus du Sailor, je regagnai ma chambre en sachant fort bien que j'en ressortirais bientôt. Le doute avait pris racine.

Moi qui avais affronté tant de risques dans ma vie, voilà que mon cœur battait la chamade comme si je m'apprêtais à faire le mur de l'internat du collège ! Au fond de moi je ressentais confusément que ma vie était à nouveau en train de bifurquer. Trop d'émotions, trop de curiosité. Le goût des choses interdites. Sciemment j'allais au devant des emmerdes.

Chaussures lisses, lampe torche, couteau suisse avec la septième lame traficotée en passe, je longeai le cloître fondu dans l'ombre comme un renard de basse-cour.

Je dus attendre que les lumières s'éteignent à l'atelier,

que les portes claquent, que le silence s'installe. Ces cons de grillons n'avaient rien compris au show des oies du Capitole. Ils se taisaient à mon approche. J'allais quand même pas faire cri-cri pour donner le change !

Je fus surpris par la serrure, un truc sophistiqué. Ça valait combien un herbier pour qu'on le protège ainsi ? Il me fallut cinq bonnes minutes pour en venir à bout sans laisser de traces, tout ce qu'il fallait pour déclencher une alarme mais la protection n'allait pas jusque-là.

L'atelier de reproduction ressemblait à un atelier de reproduction. R.A S. Par contre si le placard mural en était bien un il n'y avait pas de raison que la porte soit munie d'une autre serrure. À code cette fois. Boulot d'artificier, tout dans le bout des doigts. J'adorais ça. Le faux placard libéra la porte d'un second atelier. Objets de valeur, recel, trafic ? J'en étais tout émoustillé. Des pinceaux, encore des pinceaux, des rampes de spots, un écran de contrôle type scanner et des toiles, des tableaux, par vagues, serrés dans des casiers verticaux, rien à voir avec la soupente bordélique de chez Lalou. Des biens que l'évêché soustrayait à la convoitise des touristes et des voleurs ? Il est vrai que les pilleurs de chapelles sévissaient de Palerme à Saint-Pétersbourg sans oublier nos paroisses rurales. La toile en chantier sur le chevalet ressemblait à un Bosch mais je connaissais mieux l'art Songye du Sud-Zaïre que la peinture flamande.

Je pris des risques, ressortis pour aller chercher mon Polaroïd qui voisinait dans mon sac avec mon stylo depuis que j'avais eu un coup de cœur d'identification pour Rudy Vögler dans *Alice dans les villes*.

Je retrouvais les gestes du professionnel, patte de matou, œil de faucon. Les atouts de celui qui veut survivre.

Le réduit était sans ouverture et j'y allai du flash. Puis quelque chose d'impalpable avertit mon flair d'antilope qu'il fallait que je mette les bouts. J'étais le roi de la marche arrière ces temps-ci. Sauf avec Ornella me souffla le cochon qui sommeillait en moi. Drôle de bestiaire qu'un être humain !

Je fus puni de ma légèreté, mon pied heurta un pot de peinture.

J'abandonnai la technique du courant d'air pour celle de la bonne vieille fuite, juste le temps de brouiller les codes comme si on y avait pas touché, de claquer les deux portes et de me propulser dans un fantastique roulé-boulé au cœur d'un buisson d'hibiscus. Pardon frère Marcel.

Une silhouette blanche, tout droit descendue d'une des toiles que je venais de flasher, courbée sur une lampe tempête, empêtrée dans une robe de bure tourna le coin du bâtiment, secoua la porte de l'atelier, vérifia si tout était en ordre, lança un halo en demi-lune vers le jardin où je m'écrasai sans respirer, puis fit demi-tour non sans avoir craché par terre un reste de salive et de rêve interrompu.

J'avais eu chaud, le Polaroïd aussi, mais les photos bien au chaud sous ma chemise gardaient l'empreinte des tableaux qu'il me faudrait faire parler.

Je les planquai sous mon lit, savait-on jamais et glissai mes coups de soleil et mon coup de cœur rital entre les draps frais.

*

Je me réveillai à l'aube excité comme un pou, et décidai de faire le coup des croissants à ma belle, les photos

120

sous le bras. Privilège de la maturité je savais qu'il fallait saisir le bonheur quand il était encore chaud. Privilège de la féminité elle savait qu'il fallait saisir l'imprévu du cœur quand on l'avait rencontré. Le dernier tournant avant Sauveterre faillit être fatal à nos deux privilèges ! Elle fonçait de son côté au volant de sa petite Fiat pour m'apporter des brioches ! Coups de patins des huit roues, portières qui claquent, patins des lèvres qui se retrouvent. Très joli chassé-croisé de nos envies !

Je rangeai ma D.S. au bord de la route et elle me conduisit aux Hauts-du-Maure où on pourrait s'installer à la terrasse qui surplombait le canyon et boire un café. Les dieux gambadaient avec nous, le vent soufflait du bon côté de la décharge et la plupart des retraités étaient partis la veille en car pour s'éclater à la foire à la lavande de Digne, occasion de s'encanailler et de laisser entre les mains du Tour Opérator le reste de leurs pensions trimestrielles.

La Rousquille, qu'Ornella connaissait bien et qui commençait à s'ennuyer dans ces bâtisses désertes s'empressa de nous proposer un café, « un vrrrai, pas un kawa de collectivité ». C'était comme si on avait passé la nuit ensemble dans une auberge de Carcassonne et que la serveuse qui essuie les verres au fond du comptoir s'occupait de nous. Discrète la Rousquille. Dès que j'étalai les photos sur la table elle s'éclipsa. Ornella reconnut certaines toiles de Jérôme Bosch, un tableau des frères Le Nain et un de Matisse.

Elle ne comprit pas plus que moi pourquoi les moines prenaient tant de précautions pour protéger ces reproductions. Pas un instant l'idée que ce puissent être des originaux ne nous effleura.

— J'ai un ami qui pourrait nous en dire plus, un gars qui a roulé sa bosse un peu partout. Il tenait une galerie à Orléans où je m'évadais parfois lorsque je doutais de mes engagements. Et ça arrivait souvent ! Il s'est installé près de Gap à la tête d'un restaurant haut de gamme, grande cuisine et tout le tralala. Une halte pour bronzés sur la route des stations de ski. Un touche-à-tout serviable, d'une grande culture et sympa avec le personnel.

Un rien de jalousie me titilla.

— Ah, puisque les délégués du personnel sont O.K. pas de problème.

Mon tibia droit vibra sous son coup de pied et me rappela toute la journée qu'il y avait des zones d'humour qu'elle n'acceptait pas totalement. Mais Dieu que ses yeux de colère étaient beaux. J'en aurais sacrifié l'autre jambe !

— Si tu veux en savoir plus il faut y aller aujourd'hui.

La Rousquille, ravie d'occuper son jour de congé, accepta sur le champ de tenir le Sailor où elle avait déjà fait des extras les soirs de finale de Coupe à la téloche.

Ni une, ni deux, elle embarqua la Toulousaine jusqu'au bar et nous prîmes la route de Gap dans sa mini, une sorte de scooter avec des portières. Adorable ! Fallait-il vraiment que Krivine soit mauvais pour qu'elle n'ait fait que 1,5 % aux élections !

Gap digérait en arrière-saison son trop-plein de touristes de l'été.

Les terrasses aux trois quarts vides somnolaient au soleil automnal. Le restaurant « Le Bayard » surplombait la ville. Magnifique point de vue sur la route du col, parasols bleus et tables blanches. Le Bas-Dauphiné hésitait entre Alpes et Méditerranée, marmottes et cigales.

Patrick Durand, oui Durand comme Dupond, qu'Ornella alla surprendre aux cuisines, était un grand type sec, du moins de dos. En plein coup de feu il me salua de la main, vite fait, me criant de loin que nous étions ses invités et qu'on causerait quand les clients repus en seraient au café. En attendant on s'installa coolos. Je me sentais en vacances, les vraies où l'on prend le temps de disserter sur la saveur d'un melon de Cavaillon. Rien que du banal.

Lorsque la toque blanche de Durand sortit des cuisines pour s'approcher de notre table, une nuée de démons noirs se lancèrent à l'assaut de mon cœur pour le transpercer de leurs tridents. Ces yeux vert pâle, ces joues émaciées que l'ombre bleutée d'une barbe naissante ne remplissait pas, cette bouche généreuse, firent basculer en un instant tout ce qui m'entourait : Ornella qui souriait, la terrasse du Bayard, le Gapençais qui s'étendait à nos pieds, la chaîne des Alpes toute entière. Un tremblement de terre. Une photo jaunie que le vent des souvenirs emportait se plaqua sur mon visage : le palais du Président, l'allée de bougainvilliers qui descendait au fleuve, l'embarcadère de l'Oubangui.

J'avais gardé mon nom, il s'était débarrassé du sien : Deslandes, Loïc Deslandes, un Breton qui se disait avocat et préparait le nouveau procès de Bokassa, mission impossible qui demandait beaucoup d'argent, mais il savait où le trouver et levait depuis le Congo une sorte d'impôt tribal auprès des partisans de l'ex-empereur en exil. En Afrique rien n'altérait les liens du sang, surtout pas le sang des autres.

Comme si je me jetais du 25e étage de l'hôtel Continental de Brazzaville le compte à rebours de mon passé mercenaire défila devant moi jusqu'à l'échec final dont Deslandes avait été témoin. Nos regards d'hommes, vrillés l'un à l'autre ne vacillèrent pas. Ornella occupée à séparer une falaise de caramel d'une armada d'îles flottantes ne se douta de rien.

Il héla un de ses garçons qui revint avec l'armagnac du patron. Je n'en buvais jamais, moins encore à midi, mais là nous trinquâmes à trois.

— À nos retrouvailles !

Par-dessus la tête d'Ornella qui le prit pour elle, il me salua. On s'estimait jadis, on se tairait aujourd'hui. Des retrouvailles aussi insolites se cultivaient en silence. Le hasard ne repassait pas les plats, à moi d'en profiter. L'affiche se déchira. Les Alpes redécoupèrent l'horizon, la terrasse se stabilisa à flanc de colline, Ornella toute proche continua à sourire.

J'étalai les photos sur la table. Durand qui venait d'enterrer Deslandes sortit ses lunettes et examina longuement les clichés.

— Deux Jérôme Bosch dont vraisemblablement un Saint-Christophe dont on a perdu la trace, un *Joueurs de cartes* des frères Le Nain, encore des paysages de l'école flamande du XVIIᵉ, un *Joueur de flûte* de Chagall disparu d'un musée de Lyon en 44, deux Matisses de la série des *Poissons rouges au guéridon*. Précis. Il s'y connaissait l'homme à tout faire.

— Si ce sont dès originaux, une fortune inestimable. De quoi entreprendre des travaux gigantesques, détourner le canal du Midi vers Sauveterre, transformer Roscodon en Palais des Papes les pieds dans l'eau !.

Il alla chercher dans ses armoires un catalogue des

124

ventes de l'Hôtel Drouot et un précieux bouquin de l'Office central pour la répression des vols d'œuvres et objets d'arts. Rien de moins.

— Indispensable quand on a une galerie, dit-il. Rare pour un particulier, c'était la Bible du commissaire divisionnaire de l'office, une femme qui m'avait à la bonne.

Il éclata de rire et rajouta.

— Mais tout ça c'est de l'histoire ancienne, du passé n'est-ce pas ?

J'eus l'impression qu'il me fixait. L'impression seulement. Je n'avais pas envie de comprendre.

— Étrange. Ces tableaux ont tous disparu du sol français sous l'Occupation allemande ! Je ne sais pas d'où vous tenez ces photos, mais elles sont explosives. Les assureurs courent toujours après ces toiles. Vous avez de sacrés pétards entre vos mains !

Ornella bafouilla quelques explications, mais Loïc qui n'en demandait pas tant l'écouta distraitement. Son truc à présent c'était l'omelette aux girolles et la crème sabayon. On se leva ensemble. Chacun désirait abréger. On se quitta en bonne entente.

Ornella avait la digestion bucolique. Elle m'entraîna par la main dans les sous-bois. L'émotion, l'armagnac, l'odeur des mélèzes et des champignons nous incitèrent à piquer une petite sieste sur un lit de mousse à deux places. J'eus même droit au coup de la brindille dans l'oreille pour me réveiller et ça tombait bien parce que j'étais en train de me faire lyncher par une foule noire qui débordait le service d'ordre le long de l'allée des bougainvilliers.

— Victor Boris ? Sa voix voilée, faite pour dire les choses. Tu le connaissais, Durand ?

Même pas une interrogation, une certitude.

— Ton passé, tu en parles ou pas, c'est pas le problème. Si on peut toujours se regarder en face, on rentre ensemble.

Sorcière va ! Et merde, basta, les atouts étaient dans ma main, stop au grand remugle. Je sautai en l'air, filai un grand coup de tatane à ma nostalgie et à deux cèpes nichés sous la mousse qui ne m'avaient rien demandé et dévalai la pente en criant comme un dingue.

— Le premier qui touche la Fiat à gagné !

— Tricheur

— Courte patte

— Grande gueule.

Je la laissai me dépasser au finish pour voir son petit cul. Rien de tel pour effacer les souvenirs. Essoufflés comme des truites en basses eaux, nous roulâmes sur le capot de la voiture pour s'échanger trois minutes trente trois de bonheur et de bouche à bouche.

Sur la route du retour on mit en commun tout ce qu'on savait sur ce qui se passait à Sauveterre. On n'arrivait pas à comprendre ce qui liait ces événements et même s'il fallait chercher de ce côté-là. Un accident ? Deux crimes ? Trois assassinats ? Une embrouille qui finit mal ? Et à présent les curetons qui entraient dans la danse. Y avait-il un lien entre leur trésor de guerre et le casse chez Lalou ? Elle avait parlé d'un gros coup. Les tableaux ? Et la valse des pelleteuses ? Et les cadavres qui bougeaient encore après leur mort ? C'était comme si on avait mis les pieds sur un terrain de chasse mal défini où s'affrontaient les genres : battues aux gros ou affût aux tourterelles ? Qui tirait et sur qui ? On sentait bien que si on continuait à fouiner dans les fourrés on recevrait à notre tour des mauvais coups. Les gêneurs éliminés ils se canarderaient encore mieux entre eux !

Gêneurs ? La fin de la soirée renforça cette hypothèse.

Je me laissai conduire et pour une fois sans volant dans les mains, testai l'élasticité de son Dim brésilien tout en écoutant *Baby love my Baby*, un coup de cœur offert par Radio Lavande. Mais le white rocker bouffi avala sa banane quand nous passâmes devant ma D.S. ou du moins c'est l'impression que je ressentis.

Putain, non pas ça !

— Ils ont tagué ma D.S., ils ont tagué ma D.S., ils ont tagué ma D.S.

Pour arrêter le disque Ornella lança finaude :

— Tu vas pas nous en faire une T. S.

Plaf. Stop à l'hystérie. Je me maîtrisai. Vu la caisse dans laquelle elle roulait elle pouvait pas comprendre. Mais putain tout de même, à la bombe fluo rose fraise ! Oh pas de ces trucs chiadés qu'on trouvait sur les murs de la capitale, non, une merdouille pseudo arabiscotée de la plus nulle inspiration. Signés, c'était sûr par les potes de la cité, du genre « casse toi curé on t'emmerde ». Des merdeux sans culture qui comprenaient rien à rien et n'avaient jamais entendu parlé de B.B. lorsqu'elle posait son cul de star sur une D.S. dans *Le Mépris* Ignares ! Petits cons, casse-bonbons, casse-vitrines. Et peut-être aussi casse-cou d'antiquaire. Des mecs qui taguaient une D.S. étaient capables de tout.

Ils avaient frappé haut dans l'échelle iconoclaste et le payeraient cher. Le trou qu'ils avaient contribué à agrandir dans la couche d'ozone avec leur putain de bombe de peinture était rien à côté de celui que j'allais leur faire au bas du dos avec mes pompes.

127

Tiags contre tags, on verrait bien qui aurait le dernier mot !

Saine colère que ne partageait pas la petite Italienne qui replaçait sa mini cotonnade au bon endroit en se moquant de mes élans interruptus ! Chacun chez soi pour ce soir. On se serra quand même drôlement proches, drôlement tendres, et ce fut plus fort que moi, je lui dis que lorsqu'elle se déhanchait ainsi contre ma Citroën 60, elle me rappelait Jean Seberg. Pas impressionnée pour un sou, elle me rétorqua qu'elle préférait ça à Yvette Horner, qu'elle avait eu aussi sa période *Cahier du Cinéma,* mais que si je voulais m'intégrer à la cité des Forêts il valait mieux choisir mes héros chez De Funès et Schwartzeneger ! On se quitta d'humeur joyeuse.

Les couche-tôt de l'abbaye avaient déserté les allées du jardin, mais les baies vitrées de l'atelier laissaient passer des stries de lumière derrière les persiennes qui pour la première fois étaient baissées. Avait-on éventé mon effraction ?

Je m'installai zen sur la couchette monacale, stéréo country-rock dans les oreilles, catalogue Manufrance années 50 piqué chez Lalou sur les genoux. Le choc des cultures sur fond de senteurs magiques.

Je le savais pourtant que c'était pas le jour à se laisser aller. Heureusement mon ange gardien gardait ! Je l'entendis siffler à travers mon casque la vipère d'Orsini, et le bon vieux Willis Allan Ramsay cassa sa belle voix de texan en même temps que mon walkeman valsait à l'autre bout de la chambre. Réflexe et trouille me propulsèrent jambes en lotus, sur le rebord de la fenêtre où je me fis un gros bleu.

Dégât minime à côté de la morsure à laquelle je venais d'échapper. Elle se glissa vite fait entre la plinthe et le mur suivie par son clône, car je n'avais pas la berlue, elles s'y étaient mises à deux pour essayer de m'avoir ! Ou selon une version plus parano « on » les avait mises en couple pour ne pas me louper. Plus il y avait d'impacts, plus c'était coton à soigner.

Je quittais pas des yeux la fissure au bas du mur où elles avaient disparu. Bonne chance les souris, moi je mettais les bouts. Fini les ronds de jambes.

Face à l'attaque frontale, je devais répliquer sans ambiguïté. On me provoquait sur mon territoire, j'irai porter la hache déterrée sur le leur. Qu'importe si c'était pas très précis pour l'instant. Je ferais le tour des suspects par ordre alphabétique et même si harkis prenait un H je commencerais par eux.

Avec des gestes de dompteur de lions de chez Médrano, les yeux fixés sur la fosse aux reptiles je ramassai mes fringues après les avoir soigneusement secouées, débarrassai la tablette du lavabo et le chevet de mes petites affaires. Puis sur le point de partir, tel un roquet hargneux je filai à toute hâte un sacré coup de latte dans la plinthe en espérant que les protégées du Québécois s'en mordraient définitivement la queue et en crèveraient, les salopes.

Sur le pas de la porte, le père Gabriel que je n'avais pas entendu approcher, m'observait goguenard.

— Faites attention, me dit-il, on a aperçu plusieurs vipères dans le jardin. Par cette sècheresse elles cherchent les points d'eau.

L'ignoble curé ! J'en avais ras le bol des phrases à double entrée et des fausses pistes. Il ne pouvait plus être innocent. Je m'approchai de lui jusqu'à sentir son haleine âcre comme s'il se nourrissait de son herbier.

— Mon p'tit père, je viens d'échapper à Satan et tu ne l'emporteras pas au paradis. Heureusement les gardiens du Temple sont sympas avec moi et me laissent encore du temps pour goûter au fruit défendu. Mais toi tu vas continuer à te déssécher dans ton repaire de la foi rancie en couvant tes secrets de polichinelle.

La hargne me donnait une certaine éloquence, mais le patron de Roscodon était bien un sacré renard.

— J'ai demandé à plusieurs reprises au frère Marcel de déplanter la lavande qui attire les serpents, il ne m'obéit guère.

— C'est ça, petit père, dis lui aussi de renforcer les barreaux aux fenêtres, de doubler les barbelés et de débarrasser le parking des pelleteuses, ça fait mauvais genre quand tes potes débarquent de l'étranger.

Goupil ou pas, il marqua le coup, sortit ses mains de dessous la bure.

Aucune confiance en lui, je guettais le moindre de ses gestes, remontai l'allée centrale en marche arrière, et oui encore, le saluai bien bas, bien méprisant, en lui demandant de m'envoyer la note chez Lalou qui ferait suivre, et me claquemurai dans ma bagnole.

J'avais mis le paquet. Tant pis si j'étais à côté de la plaque.

Je roulai vers le point haut du plateau jusque vers l'endroit où mon pneu avait rendu l'âme, m'engageai sur le sol caillouteux pour passer la nuit à l'abri de dolmens tachetés de safran comme si la foudre les avait léchés. J'aviserai demain. Pour l'instant les piqures d'étoiles dans le ciel me faisaient penser à Ornella, sans que je sache vraiment pourquoi, quelque chose d'apaisant et de faussement à portée de la main. Je respirai. Je m'apercevais finalement combien passés les premiers jours d'enthousiasme, l'abbaye dégageait des ondes malsaines comme ces lacs calmes du Cameroun, capables par moments de hoqueter des rots sulfureux.

Perché sur la plus haute pierre, je fêtai ma renaissance, m'aidant de la flasque de vodka, déployant mon âme slave, «Borrrris», aurait dit mon père, défiant les ripoux de Sauveterre toute ethnie et religion confondues, criant bientôt le nom d'Ornella comme les marins hurlent à la terre entr'aperçue du haut de leur nid de pie. Je m'endormis enfin calmé sur les sièges complices de ma D.S. zébrée de rose, protégé par les dinosaures revenus au pays spécialement pour ma pomme.

*

Tous les mardis matin, des maraîchers de la vallée de la Durance montaient à Sauveterre et s'installaient en haut du boulevard vers la placette. Des étals sans prétention qui débordaient ce jour-là de raisins et de melons. Un bon deux kilos de muscat dans les bras je m'affalai sur une chaise du Sailor, les reins encore froissés par ma nuit initiatique. Tournant le dos au bar j'attendais tranquillement qu'une paire de menottes se pose sur mes yeux, «coucou qui c'est», mais c'est un vigoureux coup de torchon sur la table accompagné d'un tonitruant «Et pourrr Monsieur», qui me firent sursauter! La Rousquille s'amusa de sa bévue et me servit un grand sourire avec un grand café.

131

Elle prenait une semaine de congé pour donner un coup de main à Ornella qui voulait un peu lever le pied.

— Il n'y a pas de problème me dit-elle. Les clients, je les connais tous depuis tellement longtemps que je peux leur dire d'arrêter de boire sans qu'ils m'en veuillent le lendemain.

J'étais pas persuadé que c'était le but du commerce mais ça partait d'un bon sentiment ! Elle en débordait la Rousquille, et de paroles aussi. Ornella ? Chez le coiffeur, le chic, le Parisien qui a ouvert du côté de la gendarmerie. En me rappelant les têtes de moutons des régulières des gendarmes et les choucroutes de ces dames du spectacle je craignis le pire, mais l'Italienne savait discuter le bout de mèche, cheveu par cheveu. Il était pas né celui qui lui imposerait son look.

Qu'elle prenne du temps pour s'attifer me plaqua aux lèvres un sourire de mâle sûr de lui. Niaiseux va !

Grains de raisin, gorgées de café noir, coup d'œil sur le journal dans le léger brouhaha du marché, le bonheur à nouveau.

Dans la rubrique « culture et spectacle » on annonçait la conférence du Lama KHEMPO DORJEC GYALTSEN qui causerait de sa vie de guérisseur. Vrai que pour s'évader d'ici il fallait s'accrocher à de solides croyances venues d'ailleurs, et ma foi le Tibet semblait riant à côté du plateau miteux de Sauveterre.

Ceux qui préféraient qu'on la leur chante pourraient se précipiter à la salle des fêtes pour applaudir l'infatiguable Môrice Benin en tournée qui interprèterait « ce qui bruisse et vit dans l'univers, l'enfant, la femme, la fraternité des solitaires, le rêve d'un amour brûlant qui se

132

démultiplie à l'infini. » Bonne chance les groupies ! Au moins ce serait calme. Y aurait pas les rapeurs de la bande à Kamel !

Et puis un entrefilet attirait l'attention de la population sur la recrudescence inhabituelle de vipères dans la garrigue, jusqu'aux portes du bourg. L'été avait été trop sec concluait le détective. À mon avis c'était plutôt Florent Ladouceur qui devenait trop gourmand et jouait les savants fous. Ça n'ébranla pas ma certitude qu'on avait sciemment introduit les demoiselles d'Orsini dans mon lit. Dans ce bled, pour brouiller les pistes on en rajoutait. À chaque fois c'était le système de l'avalanche pour dissimuler la pierre lancée.

Je la vis s'avancer au loin, aérienne et solide, chemisier lagon bleu fait pour dévoiler le galet de miel de son épaule et trois fois rien d'épis rebelles dans la tignasse. Chiche ! si elle prononçait mon nom avec sa voix de diva fatiguée je lui demandais de m'héberger.

— Victor Boris, tu vas bien ?

Ce fut encore plus fort que ce que j'attendais, comme dix doigts qui glissaient le long de mon échine, et dix autres qui me massaient le cou. Droit vers le nirvana sans passer par KEMPO DORJEC ni Môrice

— *I am a good Sailor for you,* lui répondis-je.

Je maîtrisais les langues.

On s'embrassa vite, fort. Je lui racontai ma nuit face aux étoiles et à moi-même et c'est elle qui me proposa la chambre d'amis dans son appart au-dessus du bar. Je fis mine d'hésiter. Elle insista. Affaire conclue, tu parles.

Elle pensait qu'on m'avait vu sortir de l'atelier ou que je n'avais pas replacé les tableaux dans l'ordre exact où ils étaient rangés. Possible. Je lui filai les polaroïds pour qu'elle les planque.

— Tu es devenu dangereux parce que tu ne respectes pas les règles du jeu d'équilibre qui se joue ici. Tu traverses les cercles d'intérêt sans en avoir toi-même. Ta présence est indésirable. Il y a trop de projets véreux, d'enjeux contraires accumulés sur ce petit bout de terre clos sur lui-même. Tu as fait le coup du pied dans la fourmilière, sois prudent. L'ennemi est protéiforme, mou. Y a pas pire. Il fallait que ça pète un jour, par un bout ou par un autre, mais ces salauds sont capables de s'allier pour te faire déguerpir, quitte à se retrouver après pour s'entredéchirer.

On m'avait jamais autant conseillé de ma vie ! C'était plutôt mon job d'éliminer les nuages noirs qui planaient sur la tête des autres.

— Tu sais je vais commencer facile. J'ai des comptes à régler avec les tagueurs.

— Rappelle toi que ce sont les fils des RONA.

— ?

— RONA , c'est le sigle officiel côté préfecture, les «Rapatriés d'Origines Nord-Africaine». Ça veut dire que derrière la provoque des gribouilleurs il y a un sacré passif. Fais gaffe petit mec.

Il faudrait bien que je lui dise un jour les missions impossibles, les déminages, les despotes tordus, les opérations kamikazes.

Pour Ornella la journée serait spéciale nana. Elle avait envie de s'occuper d'elle. Des trucs de femmes. Rendez-vous avec une copine de Laragne, un bled à trois quarts d'heure de là, défiguré par la saignée d'une nationale surchargée mais qui bénéficiait des attraits de la ville, en particulier un hammam-massage-bains de boue, tout ce qu'il fallait pour retrouver une peau de pêche. Ça me paraissait totalement superflu mais allez savoir dans quel coin de leur tête se niche la cellulite des femmes !

« Bye, bye. » « À plus tard. » « À ce soir. »

*

La torpeur propre à l'heure de la sieste s'était abattue sur la cité des Forêts.

Les forêts ? Elles n'existaient plus que sous forme de planches dans les baraquements. Pas un arbre à l'horizon, pas un arbuste, par un feuillage pour tamiser l'ardeur du soleil. Le djebel sans la vigne, sans les oliviers, sans les ânes, sans l'odeur des foyers, sans la vie.

Il y a trente ans, ça ne devait pas être trop moche. Des baraques de chantier des Eaux et Forêts avec les commodités d'usage. Mais les cloisons de planches et les toits de tôle c'était pas le pied. On étouffait l'été, on pelait l'hiver, et en plus ça vieillissait mal. Alors chacun avait aménagé son Sam-Suffit à son idée. Un tuyau de poêle par ci, des doubles fenêtres bricolées par là, quelques arpents de potagers alentours vite assoiffés, et les Peugeots en bout de course sur le parking. Ça faisait déglingue poussiéreux comme cité, mais pas ghetto. Ceux de Chanteloup-les-Vignes et des Minguettes y auraient bien passé leurs vacances, surtout que c'était pas surpeuplé. Sur les 80 familles d'après la paix des braves signée à Évian (les villes d'eau ont de bien étranges destinées), il n'en restait plus qu'une cinquantaine, certes richement

135

pourvues en descendance mais qui n'occupaient pas toutes les baraques. Selon les époques, des subventions avaient successivement permis de transformer deux d'entre elles en « Maison des Familles » pour les mariages et autres divertissements ethniques, puis face à la montée des jeunes générations en « Maison des Jeunes » vite accaparée par les sportifs du lotissement qui y avaient joué au baby-foot en fumant des joints. Puis lorsque la vague des « analyses sociétales » avait encombré les bureaux des ministères, en « Club d'échanges de projets » et salle de « rattrapage scolaire » (tu peux toujours courir après les 80 % de bacheliers). À présent si l'une avait été malencontreusement détruite par un incendie dû à l'implosion de la télé du club (faux terme technique pour expliquer à l'assurance le court-circuit provoqué par une basket rageuse projetée sur l'écran un soir de huitième de finale de foot où le Maroc s'était fait sortir de la Coupe du Monde), l'autre était déjà occupée par une Assos 1901 baptisée non sans humour « Vivre au pays » ! Et gérée par Kamel qui savait jouer du sourire et des allusions pour décrocher du pognon du côté de la municipalité, de la préfecture, du conseil général, du ministère des Rapatriés, de la mission locale, des Eaux et Forêts, du ministère de la Ville et de la Chambre des commerçants de Sauveterre toujours prudents (si tu donnes rien tu vas voir tes vitrines) mais qui n'avait toujours pas ouvert un livre de comptes ni convoqué de C.A. !

Ils étaient d'ailleurs là, alignés comme des iguanes à l'ombre d'une baraque sans toiture qui puait le grésil.

Je roulais avec ma bagnole zébrée jusqu'au dernier parking affichant sans complexe l'insulte des graffiti sur ses flancs. Le plus malin se mit à siffler de l'Ennio Morricone. Mes Ray-Ban en jetaient, ma stature aussi. Trois d'entre eux se cassèrent aussitôt, mais deux couples restèrent assis, bravaches. Les cloisons dans leur dos était taguées de rose fluo. Pourquoi causer alors. Les preuves étaient évidentes et on se connaissait. Mais leurs cousins des Beaumettes les avaient mis au parfum. Ne jamais avouer même avec 20 grammes. de blanche dans les poches et des bras comme des passoires. Alors une bombe fluo c'était pas un indice suffisant surtout que les Marseillais de Lapalud avaient fait une descente la veille pour faucher tout leur matos de barbouille. Ça tombait mal n'est-ce pas, tout le monde pouvait taguer rose fluo ! Pourquoi cette teinte ? Oh c'était très simple, ils s'en servaient pour préparer un panneau mural, projet 4217 déposé au service Jeunesse et Sports de Gap sous l'appellation «Participation des jeunes de la cité des Forêts à l'embellissement de l'environnement». Ouais, exactement ! Une toute nouvelle Assos de jeunes peintres RONA baptisée «La Muse gueule» jeu de mots qui avait beaucoup plu à l'inspecteur des services concernés qui leur avait cependant demandé d'affiner leurs objectifs et de négocier eux-mêmes un mur municipal où ils pourraient placarder leur œuvre. C'était pas comme ces «salauds de Lapalud qui ne respectaient rien même pas les bagnoles M'sieur» d'après ce qu'ils voyaient. S'ils venaient à apprendre quelque chose ayant trait à cette affaire ils ne manqueraient pas de me le dire ou de le faire savoir à Ornella puisque j'allais souvent au Sailor, même de plus en plus souvent paraît-il et que...

— Tu ferais mieux de redessiner ta bouche au lieu de t'en servir pour débiter des conneries !

La beurette resta figée. Elle avait pas pigé qu'elle me gonflait, qu'il fallait pas qu'elle continue sur cette lancée, et que c'était moi qui posais les questions, et qu'on parlait pas d'Ornella comme ça.

Sous l'insulte son mec se leva comme un ressort, et sous mon poing parti en direct se rassit sur le champs comme un ressort cassé !

Il rejoignit sa copine dans le club des fans de Dalle, mais le sang sur ses lèvres était du vrai. Leurs potes, Kamel et Nadia ne bronchèrent pas. On était pas à Los Angeles, les coups c'était chacun pour soi. Les règles d'assistance, s'étaient effilochées au gré des histoires de dope et de cul.

— Qu'est-ce que vous voulez ? Son ton avait changé.

— Excuses et réparation.

Je tâtonnais, cherchais autre chose, je ne savais trop quoi. Et soudain ce plus, je le vis là devant mon nez, sous la forme de deux bagues montées à l'ancienne aux doigts de Nadia et d'une big chevalière au majeur de Kamel. Nom de dieu ! Ça justifiait que je pousse mon avantage vite fait avant que la cité ne se réveille et que leurs copains rappliquent. Il fallait que je reste seul avec les deux bagousés. J'aboyai après l'autre couple. Ils obéirent. Nadia en profita pour se faire la malle à son tour. Tant pis. J'en avais rien à foutre, j'étais sur un gros coup et tenais Kamel fermement par le bras. J'étais calme, déterminé, comme en service. Il fallait que j'y aille mollo, c'était un môme.

— Viens, j'ai à te parler.

Il me suivit en grimaçant sous ma poigne mais sans gueuler. Je l'assis d'autorité à mes côtés et démarrai en trombe, direction le bivouac de ma dernière nuit. Très impressionnant même en plein jour. La chaleur tournait en rond. Il manquait les cactus et le vautour au cou pelé pour égayer le tableau.

Une arène idéale pour régler ses comptes. Sans lui laisser le temps de souffler je le sortis de son siège par le col de son bomber et le plaquai au rocher. Je vis l'éclair du cutter avant qu'il n'ait pu tirer la lame. L'arme des tireurs de sacs à mains, des racketteurs de lycéens, mais trop long à sortir dans un corps à corps. Petit salaud va !

Il écopa aussi sec d'une vraie foulure du poignet. Je savais encore doser la riposte et c'était incroyable même, comme tout s'était remis à fonctionner. C'était pour ce genre de réflexe que j'avais été au top niveau dans ma catégorie.

Il essaya de me la faire à la course mais ses Reebock à coussins d'air se dégonflèrent, c'est le lieu qui voulait ça, et s'étala sur les arêtes de granit l'autre main en avant. Il pourrait plus jouer au flipper pendant plusieurs jours.

Je fis glisser la bagouse sans ménagements sur son doigt qui commençait à enfler et il comprit qu'il n'y aurait pas de cadeau. L'heure de vérité dans les arènes.

C'était une large et lourde chevalière en or incrustée d'éclats de diamant, un bijou d'enfant terrible dessiné par Cocteau pour Jean Marais, une coquetterie pour les noces d'Eddy Barclay, une fantaisie capable de traverser les genres et les époques avec classe. Même à Kamel elle allait bien. J'en aurais rien eu à foutre qu'il la porte si je n'avais su qu'elle appartenait à Stanislas. J'en étais sûr, je l'avais détaillée lorsqu'il s'était engueulé avec sa compagne au Sailor. Il en bavait, se tenait les mains comme un chien qui fait le beau, mais je le lâchais pas ; il m'en fallait plus. Je lui collai la chevalière directos sous les yeux comme si c'était la pupille de Stanislas qui le fixait. Il s'effondra d'un coup, paniqué. Tremblements, sueurs et larmes.

— Je voulais pas le tuer, je voulais pas le tuer.

Putain non pas ça. Moi qui croyais être sur la piste des buteurs de Lalou je tombais sur le mec qui avait rectifié Stanislas !

Il parlait par saccades entre reniflements et hoquets. Lessivé le kid caïd de la cité des Forêts. Une flaque le roi de la babasse. J'avais pas envie de le plaindre une seconde. Ses grimaces s'effaçaient derrière le sourire du vieil homme qui voulait arracher des lambeaux de bonheur à la vie et qui s'était fait voler des lambeaux de chair par un bull. Ce que j'entendais était minable. Je pigeais peu à peu. Dégueul story.

Dans le lot des bijoux que Kamel et sa bande avaient fauchés à Lalou il y avait les bagues des maîtresses de Stanislas qu'il avait fort imprudemment mises en dépôt vente. Lalou couvrait les cachotteries du Casanova aux abois

En apprenant ce larcin que l'antiquaire croyait sans importance, il avait été pris d'une panique de collégien. Ces dames allaient découvrir le pot aux roses. Au Sailor il avait entendu causer les mômes à la babasse et compris d'où venait le coup. La veille de la fête du Village-Retraite, comme il se doutait que les coquettes iraient chercher leurs bijoux au fond des tiroirs il avait tenté une sortie vers la cité.

Kamel et ses potes n'avaient rien pigé à ce scénario d'un autre âge. Ils avaient vu le vieux beau tourner autour des baraques. C'était l'époque de la chasse aux pédés comme ils disaient. Il était tout désigné comme gibier.

Les pédés c'étaient leur obsession, le mal absolu, le fantasme de toutes les cités du Sud où l'on se traitait d'enculé pour un oui pour un non.

Pauvre Stanislas ! Pédé ! Il ne comprit rien à ce qui lui arrivait. Attiré dans un guet-apens dans la baraque au toit pourri. Et puis les saloperies des mômes. Ses ruelles de Venise s'étaient muées en amas de sacs poubelles, de seringues, de vieux matelas et sa peste bubonique en arrêt cardiaque. Mort de honte quand ils lui avaient baissé son futal blanc sur ses pompes vernies souillées de trouille comme ils l'imposaient aux tapettes. Bruns ou blonds, les Tazzio étaient de jeunes loups aux crocs pervers.

— On a pas voulu le tuer, M'sieur, on a pas voulu. Il était là, le froc et les pompes tachés, mort, sans vie.

— Ta gueule.

Je respirai un bon coup, privilège des vivants. La chaleur jouait au yoyo entre les pierres. Insupportable.

— Bon ça va, continue.

— Alors on a traîné le corps dans la Ford à Miloud pour le jeter à la décharge. Et là, y avait le petit bull jaune garé du côté des garrigues, c'était l'idéal après l'affaire de Julien pour faire porter la casquette aux Marseillais. On a mis le corps devant la lame pour le pousser jusqu'à la décharge en pensant que le bull laisserait des traces, mais pas que le corps du vieux s'esquinterait comme ça. Je vous le jure M'sieur avec Miloud on respecte les morts et on a voulu ramasser les morceaux même à dégueuler lorsqu'on a vu les phares de Ladouceur, « la fouine » comme on l'appelle à la cité, alors on a eu la trouille d'être repérés et on s'est cassés, tous phares allumés. Je l'ai pas tué M'sieur.

— Oh répète pas ça comme un perroquet. Et Julien, et Lalou ?

— J'en sais rien. Lalou on l'aimait bien. C'était une pute mais on l'aimait bien. Personne y aurait touché.

Pédé, pute. Il fallait que je décode. C'était pas forcément des insultes. Quasi métaphysiques dans la bouche de ces jeunes gars. Oh Stanislas, toi qui pratiquais le baise-main, pliais tes habits avant, ne fumais jamais au lit après, et offrais un paravant pour que tes conquêtes se déshabillent, t'avais peut-être eu raison d'arrêter de respirer. Ton époque n'avait plus sa place ici-bas. Ce qu'ils avaient fait de ton corps après tout, t'étais plus là pour le voir.

— Les tags je regrette.
— Hein ?
— Les tags, c'est moi.

Les tags tu parles. J'avais oublié. J'aurais peint le reste de ma D.S. en rose pour faire revenir Stanislas, un monsieur avec qui j'avais même pas échangé trois mots.

— C'est vrai, il y en a un de Lapalud qui nous a fauché du matos ; il est en fugue depuis quelques jours et il rôde par là ; mais les tags c'est moi, pour faire plaisir à Nadia ; elle vous aime pas, elle dit que vous êtes flic.

— Tu diras à ta meuf qu'elle débranche la télé. Les flics d'aujourd'hui, ils s'aventurent plus dans les cités, ou jamais seuls, ils sont pas fous. Je vais te dire qui je suis, un mec qui voulait se balader tranquille dans la garrigue, qui voulait même plus croire que ça existait des cadavres, qui entamait une retraite mystique, je t'expliquerai peut-être un jour ce que ça veut dire, un mec que des petits cons comme toi ont dérangé à ne rien faire, et qui pour trouver la paix, doit avant de mettre les bouts, piger ce qui se passe dans ce bled de merde, cette paillasse à dinosaures où tu finiras ta vie si Chamefaux te met pas la main dessus. Car ne crois pas que je vais te donner. Chacun sa merde, chacun ses énigmes. Je vais juste te laisser là pour que tu prennes bien le temps sur le chemin du retour de penser à mon pote Stanislas, ce gentleman qui t'écrasait de sa classe avant que tu ne joues avec lui à Mad Max III. Tu pourras même pas faire du stop pour rentrer avec tes poignets nases. Tu diras à ta mère que tu t'es blessé en aidant une vieille dame à ramasser son cabas, elle doit être tellement mère qu'elle te croira.

Je le laissai adossé au rocher brûlant.

— Ah, la chevalière je la garde bien sûr. C'est trop de sentiments pour toi. J'espère que je t'ai coupé l'envie de porter à jamais des bagues. Quant à Nadia elle a intérêt à balancer les siennes au fond des chiottes.

Ses lèvres étaient craquelées. Il devait avoir de la fièvre. J'aurais voulu qu'il crève. Que les vipères lui bouffent le foie. J'étais remonté à bloc, mais bien déterminé à suivre la piste macabre.

*

Je laissai ma D.S. au garage du coin, histoire de me laver à travers elle des traces fluos qui puaient la merde.

Par chance le patron, un Savoyard courtaud et carré profilé depuis des générations par les conduits de cheminée, à qui j'aurais pas confié ma petite sœur, spécialiste de tout ce qui était mécanique, carrosserie, électronique, du vélo au chauffe-eau à gaz en passant par les machines à écrire et tout de même les bagnoles, avait maquillé plus d'une BMW des Bouches-du-Rhône. Il se fit une joie de devoir refaire un voile noir façon sixties sur les flancs de ma tire.

Il fut un peu déçu quand je lui confiai à mi-voix qu'il n'y avait pas d'impacts de balles à colmater, mais il me promit un boulot comme je n'en avais jamais vu pour le soir même.

En attendant, et puisque j'avais sorti quelques biftons, il me prêtait une de ses deux dépanneuses qui dormaient sur son parking. Une sorte de grue hissée sur une cabine raccourcie avec un pare-brise qui s'abaissait sur le capot et une étrave de chasse-neige, le tout homologué par les gendarmes, carte grise à l'appui, en échange de révisions gratos pour les R5 de leurs femmes.

Le Centre d'engins de Lapalud, s'appelait très officiellement le « Centre de Formation intégré à la conduite d'engins de chantier » comme le proclamait la pancarte façon rancho qui surplombait l'imposant portail d'entrée en fer forgé que ne prolongeait pour l'instant et ce depuis dix ans aucune clôture. Ce qui pouvait expliquer en partie pourquoi les engins sagement rangés un peu plus loin sous un hangar en tôle, lui aussi ouvert aux quatre vents, se faisaient la belle aussi facilement à travers les garrigues de Sauveterre.

Je me marrais du haut de mon siège en skaï qui me collait aux fesses. « intégré » c'était dans la lignée de

144

« affiliés », le coup de patte de Pascal Barronet qui pensait que pour décrocher des subventions un projet devait avoir du souffle.

— Plus le nom est long, plus le chèque est à rallonge, aimait-il dire avec humour.

Le pire c'est qu'il n'avait pas tout à fait tort.

Les salles de cours, dortoirs, réfectoire, étaient regroupés avec le logement du dirlo à l'autre bout du terrain. Je me garai dans la cour d'entrée qui servait d'atelier en plein air, encombrée de morceaux de ferraille, de moteurs désossés, de pneus aussi larges que des baignoires. Guidé par des voix qui sortaient de sous un engin, double capot ouvert comme des ailes de sauterelle, je m'approchai d'un petit bull au museau de cabri, la Poclain jaune justement.

Ça jurait, ça gueulait, ça tapait fer contre fer, ça envoyait chier la terre entière, c'était pas content du tout mais ça bossait ferme. Un des deux mecs en salopette dont je voyais dépasser les jambes, surpris par les miennes, se redressa en oubliant que le carter de la boîte à vitesses était depuis le matin au-dessus de sa tête et se mit à aboyer des insanités comme un bon chef de chantier. Ce qui eut pour effet de faire hurler de rire son compagnon. Bienvenue !

— Qui vous êtes ?

Leurs regards allaient de ma tronche à la dépanneuse.

Eux c'était clair, ils étaient mécanos, plus exactement éducs techniques comme le certifiaient leurs feuilles de paye. Ils regrettaient chaque jour d'avoir bifurqué vers la pédagogie, alors que le garagiste du coin dont justement je conduisais l'engin se faisait des couilles en or sans diplôme, et surtout sans s'emmerder avec des apprentis,

145

des délinquants dont les notions de mécanique s'arrêtaient au gonflage des brelles et au maquillage des numéros de moteur.

— Victor Boris

— Ah !

Ma renommée avait-elle franchi les frontières de l'abbaye et du Sailor, ou Dürbec avait-il averti son entourage ? Celui qui se massait le crâne, Gilbert dit Bébert était éduc-chef, l'autre, Daniel, son collègue subalterne. Des prénoms sans fioritures, des hommes sans mystère faits pour ajuster des clés de 12 à des boulons de 12. Ça tombait bien, mes questions étaient aussi simples que les premières leçons du manuel de mécano à l'usage des jeunes de Marseille.

Primo, la Poclain jaune à lame et sa grande sœur la collet monté à godet avaient-elles livré des indices pouvant expliquer leur mauvaise conduite ?

Deuzio, y avait-il un fugueur du Centre qui rôdait sur le plateau de Sauveterre, interrogation assortie d'un conseil : « Vous feriez bien si c'est le cas d'enlever la tête de delco de vos pelles à la tombée du jour ».

Bébert en avait vu d'autres. Sa femme tombait enceinte régulièrement, et comme tous deux en étaient fiers il fallait bien nourrir la marmaille avec autre chose que des boulons de 12. Pas question de perdre son boulot en disant des conneries et pas question non plus de prendre les risques d'une éventuelle complicité. La marge de manœuvre était étroite et il la partageait avec son pote Daniel, célibataire amateur de gros cubes qui lui occasionnaient autant de frais qu'une famille nombreuse. Donc silence mais sourires.

Les Dupont-Dupont de la mécanique, d'un double

doigt tendu, me désignèrent la maison de Raspoutine grand responsable devant les Autorités et les emmerdeurs de mon espèce, puisque sa feuille de paye était nettement plus avantageuse que la leur.

À chacun son job. D'ailleurs leur convention collective, celle de 66, la plus chouette dans le social, leur interdisait ce genre d'initiative. De mon côté j'étais un pro, et même sans convention je savais offrir des clopes et sortir de sous le siège le pack de bières acheté en passant chez l'épicier marocain qui ne fermait jamais boutique.

Je ne savais pas ce que stipulait la « 66 » en ce qui concernait la consommation d'alcool sur les lieux de travail, mais deux « 33 » d'affilée ne leur firent pas peur. Ils savaient compter.

Peu à peu ils se décontractèrent et leurs langues se délièrent. C'est vrai, Dürbec leur avait ordonné de la fermer. Ils devaient nettoyer les chenillettes de la Poclain, car depuis les meurtres plus aucun pensionnaire de Lapalud ne voulait monter sur les bulls. Déjà qu'ils les fuyaient en temps normal. La mort de Julien avait donné le signal d'une sorte de mutinerie qui ne voulait pas avouer son nom. Du côté responsable, on avait peur qu'on ferme l'établissement et du côté jeunes, qu'on sucre leur sursis. Mais c'était vraiment le bordel à l'internat. On rackettait à la cuisine, dealait au réfectoire, sodomisait à l'infirmerie. Alors Bébert et Daniel naviguaient à vue en attendant que Raspoutine intervienne et que les élèves veuillent bien réintégrer l'atelier. Ils respectaient scrupuleusement les horaires et remplissaient leurs feuilles de présence avec minutie car on était jamais à l'abri d'une inspection de la DDASS ou de la PJJ, sigles qui m'échappèrent. J'avais pas potassé la «66» pour pouvoir piger. Leurs collègues des cours généraux et des sports avaient plus de chance, car dans les salles à estrade et tableau noir les loubards pouvaient somnoler et dans celle de gym ils sculptaient leurs corps en prévision des perms sur le Vieux-Port.

Quand au personnel médico-psychologique, il était pris d'assaut. L'infirmière parce qu'elle n'était pas chiche pour distribuer Valium et codéïne, surtout depuis qu'elle avait trouvé les quatre pneus de sa Clio percés au poinçon, et la psychologue parce qu'elle avait un cul d'enfer et l'imprudence de ne pas porter de lunettes malgré sa myopie, ce qui lui valait de recevoir d'incessants gestes obscènes qu'elle ignorait. Même que le Julien, oui feu Julien, se serait masturbé sous la table dans ses planches-tests à tache d'encre un jour qu'il passait un Rorschach.

Ils se marraient comme des bossus en racontant ces anecdotes, tout prêts à décapsuler d'autres «33» et à raconter d'autres histoires de cul.

Pas de mauvais bougres. Des mecs. D'honnêtes ouvriers qui n'avaient rien compris à la violence urbaine et qui pensaient au fond d'eux-mêmes que, puisqu'on avait fermé les anciennes maisons de correction, on pourrait tout de même engager de grands chantiers nationaux en Corse par exemple, terre brûlée mais française, facile à surveiller en y mettant le paquet en légionnaires. Ça tournait politique, j'en profitai pour parler conseil général.

Pas de doute, Barronet était un fieffé salaud. Pas un tueur, un affairiste de première. Ils allongèrent la liste des dossiers bidons.

La concession de la décharge publique louée à des

industriels italiens de Seveso, l'expropriation des vieux quartiers de l'Horloge pour y installer une grande surface qui n'avait jamais vu le jour mais permis à une entreprise de démolition de faire ses choux gras, le biblio-bus municipal conduit par son neveu qui distribuait ses bouquins les 15 et 30 du mois et le reste du temps faisait taxi de groupe, « Village-Vacances-Digne aller retour » pour 200 balles par tête de pipe.

Intarissables ! et assoiffés !

Ils pensaient pas que Julien ait pu glisser de son siège en conduisant la pelle. Invraisemblable comme histoire ; « On descend pas en marche d'un engin pareil pour aller farfouiller dans le godet ! » Quant à la mort de Stanislas, « c'est pas un gars de chez nous, formé par nous, qui aurait fait la connerie de pousser le corps avec la lame ; d'un coup de manette et de vérin il l'aurait positionnée à l'horizontale et transporté le papy dessus comme dans un fauteuil jusqu'à la décharge ».

In vino véritas. Ils avaient raison les anciens métallos, mais j'allais pas leur dire que je le savais déjà.

Les curés ? Irréprochables. Ces deux C.G. Tistes et anciens du P.C. respectaient le goupillon et la robe de bure, car on avait beau dire « c'était dans les cellules du Parti et celles des Monastères qu'on forgeait les vraies valeurs, y avait qu'à voir ce qui se passait dans les banlieues de Marseille où sévissaient la Droite et les Musulmans ». Ça dérapait sérieux.

J'appris que Julien creusait bien une tranchée pour amener l'eau jusqu'aux bassins de l'abbaye que les curés voulaient remettre à flots. Ils étaient sympas avec lui. Le frère cuisinier le nourrissait à l'œil à midi et les frères

dessinateurs qui faisaient du bien beau travail en « repro-
duisant des plantes médicinales pour soulager les pauvres »
l'avaient invité plus d'une fois à prendre le café à l'atelier.

— Ben voyons c'est bien connu, le Kremlin et le Vatican
œuvrent ensemble pour soulager les deshérités de la
terre. Les soulager de leur pognon surtout.

— Quoi ?

— Non rien. Je parlais pour moi.

Un repas et un café contre une tranchée gratos, ils per-
daient pas au change les tonsurés ! Ces comptes perso
réglés, j'avais quand même pas perdu mon temps. J'avais
une info de première. Julien était entré quelques jours avant
moi dans l'atelier.

18 heures s'annonçaient et les Dupont s'agitaient.
D'après la « 66 », l'heure c'était l'heure, mais après
l'heure, c'était plus du boulot. Je les saluai et me dirigeai vers les bâtiments. Rien à voir avec un centre péni-
tencier.

Un lieu ouvert sur la garrigue, pas de barreau aux
fenêtres, le cri-cri des grillons en guise de bruits de clefs.

Les gars de la cité phocéenne se refaisaient une santé.
Pédagogie de la lavande et de l'huile d'olives, antidote
du H et du trichlo. En fait, ils étaient piégés par cette liberté.
Ils savaient bien qu'à la première grosse connerie ils rega-
gneraient leur cellule, alors ils préféraient s'emmerder à
Sauveterre en négociant leur « alternative à la liberté »
comme disaient leurs juges, vu qu'ils étaient pas plus cons
que d'autres et qu'ils savaient que le barbu avait besoin
de leur prix de journée pour faire tourner la boutique.

Ils poussaient le bouchon le plus loin possible, assez

loin même, et de dérapage en dérapage, en étaient arrivés à gouverner le Centre. Les échanges étaient basés sur l'intimidation et le racket. Charmant ! Tant qu'ils n'étaient pas pris en flag sur la commune ils étaient irréprochables vis à vis de la Justice. Allez savoir ce qui avait trotté dans la tête de Julien.

J'en étais là de mes réflexions lorsque je tombai sur la psycho en train de fermer la porte de son bureau. Du moins je supposai que c'était elle, vu le spectacle fabuleux qu'elle offrait de dos, un cul merveilleux aux masses autonomes et compactes, une chute de reine, quelque chose de totalement déraisonnable, un défi aux sens et à l'équilibre, une paire de fesses à faire des passages à l'acte insensés pour pouvoir calmement demander pardon à sa propriétaire, lui parler de son enfance, des fesses de sa maman, de sa sœur, de la bonne, de n'importe qui, pourvu qu'elle reste là encore un peu, à vous écouter avec son regard troublant de myope assise sur cette bombe inaccessible.

Comme je comprenais les délinquants qui demandaient à repasser le Rorschach ! Elle me sourit en se retournant.

Le devant n'était pas à la hauteur du reste, mais j'étais sûr qu'elle savait déjà tout de moi et il me plut de croire que j'étais son premier client à entrer directement en contact avec elle par le siège !

Je rattrapai mes fantasmes par la queue et, dégrisé, me présentai brièvement, lui demandant si elle avait eu vent de quelque fugue récente ?

Pas bégueule la psy, elle était là pour que la parole circule. En effet, un jeune corse, Ludovic, « déséquilibré par

la mort de Julien, avait dans une crise d'angoisse oppo-
sitionnelle pris ses distances avec l'institution en mon-
nayant par avance son retour ». Je mis quelques intants à
décoder que Ludo le Corse s'était fait la malle en emportant la caisse de la comptable.

C'est cet instant que choisit Dürbec pour sortir de chez
lui, diablotin furibard qui se doutait qu'il avait raison de
l'être. Il avait surpris nos derniers échanges et s'adressa
à la psy de peur de devoir m'affronter.

— Non madame il n'y a pas de fugueur. Pour qu'il y
ait fugue il faut qu'il y ait déclaration à la gendarmerie,
or je n'ai déclaré aucune fugue cette semaine.

Ragaillardi par cette tautologie aussi fermée que son
visage, il se tourna vers moi.

— Qu'est-ce que vous foutez ici ? Il faut une autori-
sation pour entrer au Centre.

— Et pour faire du travail au noir à Roscodon il en faut
une ?

— Cassez-vous, fouille merde.

Les insultes sans panache ne me touchaient pas.

— Dis donc Raspoutine, si tu veux durer encore
quelque temps à Lapalud tu as intérêt à comparer ta liste
des pensionnaires du soir à celle du matin. À mon avis il
y a un écart entre les deux. Tu te prépares une affaire
Ludovic avant d'avoir résolu celle de Julien. Seulement
cette fois le môme n'est pas orphelin, il a une famille en
Corse, le beau pays où on oublie pas.

Ça m'était venu comme ça, à l'intuition. En plein dans
le mille. La *famiglia,* la mafia, l'honneur bafoué ; il sentait déjà la lame du surin dans le gras de son bide. Mais
il ne voulait pas couler seul.

— Si ce sont les dessous de Sauveterre qui vous

intéressent, jetez un coup d'œil au carnet d'adresses de l'antiquaire. Vous serez étonné de trouver le nom de certains jeunes de Lapalud à côté de celui du maire, pas le mien.

Décidément on parlait beaucoup de Lalou depuis le matin. Sa vie, ses rêves, ses projets étaient-ils si innocents que ça ? Et moi si sûr d'elle ?

Troublé, j'emboîtai le pas à la psy, avec un léger décalage d'un pas derrière elle pour profiter du voyage. Elle trébucha sur ses talons avant de monter dans sa voiture et son cahier de notes couvert d'une écriture de mouche tomba à terre avec le dernier bouquin de la fille Dolto. Elle y cherchait en vain pourquoi ses jeunes clients faisaient silence lorsqu'elle tournait le dos pour tracer quelques dessins au tableau.

Je laissai filer cette comète lacanienne qui me renvoyait à mes années de collège où les femmes étaient furieusement de chair et désespérément inaccessibles.

Je m'installai calmement au volant de la dépanneuse Sam-Sheppardienne, le pare-brise baissé nez au vent. C'était l'heure où le sol renvoyait plus de chaleur que le ciel, où le plateau se transformait en pierrade géante où les lézards faisaient gaffe où ils posaient les pattes. C'était l'heure où les gendarmes parlaient pastis dans leurs locaux surchauffés, exceptés ceux qui fonçaient dans les deux voitures aux gyrophares affolés là-bas sur ma gauche, en maudissant le coup de fil de Florent Ladouceur qui les avait cueillis à l'instant même où ils se décidaient pour le Ricard.

Oh, que je les connaissais ces lucioles bleues à Sauveterre ! À y regarder de plus près, deux autres caisses suivaient les képis, dont la 604 noire du maire. Ils fonçaient comme s'il y avait le feu au lac dans ce djebel, ou comme si les pelleteuses avaient repris leurs rondes folles. Merde, Ludovic le Corse déjà ?

La tige de fer qui me tomba sous la main à la place du levier de vitesses me rappela que je n'étais pas au volant de ma D.S. et qu'il me faudrait un certain temps pour les rattraper. Raison de plus pour foncer. L'essentiel était d'être là avant que Barronet n'ait brouillé les pistes. Pour Lalou il n'avait pas traîné.

Le moteur était poussif mais les pneus surdimensionnés. La conduite dans la savane m'avait appris à travailler avec les bras, et les pieds. Un mélange d'Yves Montand et de Balavoine, entre *Le Salaire de la peur* et le Paris-Dakar, le cambouis et l'écharpe blanche !

Et merci Radio Lavande qui crachotait au bon moment un standard de Chris Rea : *The road to hell.*

Youpi, j'avais besoin de me défouler. La cité des Forêts et le Centre de formation intégré à la suite, ça faisait beaucoup pour une journée qui n'avait pas l'air de s'achever. Le pont arrière alourdi suivait à contretemps et la chaîne de la grue avec son énorme crochet d'attelage tournait comme les pales d'un hélico.

En un éclair, je pensai à mon sac de voyage qui m'attendait bien sagement dans une chambre séparée seulement d'une mince cloison de celle d'Ornella.

Un tournant en épingle à cheveux me rappela à la réalité. C'était pas le moment de me planter alors que je reprenais du poil de la bête. Le repos du guerrier ce serait pour plus tard. Je m'agrippai au volant et la bouille moqueuse de la petite trotskyste me fit un clin d'œil.

154

Je ne savais pas si les gogos de l'Institut Pasteur avaient effectué des visites pour se rendre compte de l'état des lieux, mais il aurait fallu qu'ils crachent de sacrés primes d'installation pour attirer vers cette impasse le personnel de la future unité de production de sérum antivenimeux.

Même dans les temps très anciens où les dinosaures ne pensaient qu'à pondre des œufs dans des nids de fougère cet îlot perdu devait déjà être brûlé. Un lieu maudit que la nature gardait au chaud pour se rappeler qu'elle était capable du pire.

Seul un Québécois illuminé avait pu s'en enticher. Il faisait tellement chaud qu'il avait dû recouvrir ses enclos de cannisses pour que ses protégées pourtant habituées au soleil ne prennent pas un coup de cagnard. De loin l'ensemble ressemblait plus à un chenil pour teckels qu'à une unité de production scientifique high-tech !

Mais Ladouceur avait pour lui d'être un arrière petit-fils d'immigré breton. C'était un battant qui savait s'accrocher à la terre la plus ingrate. Ce que la foi et l'obstination avaient réussi à produire à Roscodon, la volonté et l'astuce, ici, y étaient parvenues. Il avait débarqué à Sauveterre avec, dans son sac à dos de toile kaki, des plants de bleuets comme ils disaient là-bas, variété de myrtilles qui recouvraient le sol de ses forêts natales du bord du lac et il était arrivé à force d'invraisemblables potions de compost, à faire muter ces airelles qui, bien qu'elles ne produisent pas de baies sous ce climat méditerranéen, tournaient à l'épineux. Juste ce qu'il fallait de rabougri et de rêche pour favoriser la reproduction de la vipère d'Orsini.

Ce qu'il ne savait pas, c'est que la bonne terre meuble

qu'il ramenait de la décharge dans des caissons en bois spécialement conçus pour tenir à l'arrière de sa 4L rouge, ne provenait pas d'une quelconque champignonnière des environs mais des champs de Seveso, en Italie, riches en dioxine après l'explosion d'une usine chimique. Ce qui expliquait peut-être pourquoi ses plants de bleuets avaient muté et que les carottes qu'il cultivait sur un arpent de cette même terre prenaient à maturité des allures de mandragore !

Il régnait au campement de Florent Ladouceur, une cabane de planches faite pour abriter les amours de Maria Chapdelaine et de Roch Voisine, la plus grande confusion. Le trappeur était assis sur une caisse renversée, prostré comme si les dolmens de Sauveterre lui étaient tombés sur les épaules, la tête enfouie entre les mains, alors que le brigadier chef, son second, et deux de ses collègues dansaient d'un pied sur l'autre sur le sol battu et que Pascal Barronet gueulait du fond de sa bagnole qu'il semblait ne pas vouloir quitter.

Le dernier acteur de cette scène surréaliste, un journaliste du *Dauphiné libéré*, était pour l'instant juché sur le toit de sa Santana spécial 4 x 4, spécial Camel aventure, spécial Presse-Action-Reportage, occupé à recharger son Leïca.

Pas d'engins de chantier à l'horizon. Je préférais que les drames changent de registre.

Mon arrivée plein gaz au volant de la dépanneuse-hélico fit son petit effet, déclenchant une tornade de poussière et une nuée de réprobation. Je sautai du marchepied façon *Misfit* et provoquai enfin l'unanimité hurlée dans une double phrase.

— Qu'est-ce que vous venez foutre ici ! Attention où vous mettez les pieds !

Je les mets dans un sacré bordel, pensai-je aussitôt avant de comprendre que c'était mes godasses qu'il fallait que je range de là.

Le problème était à mes pieds justement, sous la forme de dizaines de vipéraux morts, écrasés ou très mal en point, bougeant à peine de la queue. Je fis comme les autres, et sautai sur place avant de trouver refuge sur le plateau de mon bahut. D'un bond de félin la nouvelle recrue du quotidien local, un Tintin à casquette avec une petite bouille ronde me rejoignit sur mon perchoir. Il m'expliqua en quelques mots hachés qu'il se trouvait à la gendarmerie pour glaner des informations sur le meurtre de l'antiquaire lorsque le standard avait failli sauter sous l'avalanche d'appels de citoyens barricadés chez eux ou réfugiés sur leur buffet pour échapper à des vagues successives de serpents prêts à les avaler tout cru, après les avoir saignés à blanc. L'herpétologiste venait de confirmer avec des sanglots dans la voix qu'à son retour d'une « balade » (en réalité il avait perdu la trace de ma D.S. et pour cause), il avait découvert ses enclos grands ouverts, son vivarium saccagé, ses modules de croissance et de reproduction (sortes de tiroirs de rangements en plastique qu'il voulait breveter et où il pouponnait ses créatures), dispersés autour du campement. En tout, plus de 500 vipères d'Orsini crapahutaient à travers la campagne à la recherche d'un coin de fraîcheur. Mais, plus emmerdant, il avait repéré en rentrant chez lui des casiers éparpillés tout au long de la route, ce qui rendait inefficace toute tentative de battue localisée pour récupérer les bestioles.

— Dans quelques jours Sauveterre sera le parc

d'attractions le plus prisé de l'Hexagone, bien plus excitant que celui de Mickey. Un rallye du frisson et de l'horreur !

Il se bidonnait tout en flashant un max le Tintin. C'était vraiment pas son problème, le chagrin du Québecois ou la colère du Politique.

Mais la série de flashes déclenchèrent un retournement imprévu de situation. Au lieu de déprimer chacun pour soi dans leur coin, Ladouceur et Barronet firent front dans un même élan contre l'intrusion du journaliste. Bravant le danger des morsures, le maire se planta au pied de la dépanneuse pour l'engueuler.

— Vous n'avez pas le droit, ce n'est pas un fait divers, c'est privé ici, vous trahissez le secret de l'instruction.

Il avait tout mis dans la même phrase pour faire le poids. Il reçut en réponse l'éclair du Leïca entre les deux yeux, traduction lumineuse de « va te faire foutre ».

Il ignorait tout des enjeux de la commune, Tintin, on lui avait pas appris à l'École de journalisme de Lyon à identifier les hommes de pouvoir, ni à s'en méfier, et il continua bravache, à rendre compte de la situation, cliché par cliché.

D'un seul large geste de faucheur, Ladouceur, à peine hissé sur la pointe des pieds, le ceintura pour le ramener à son niveau, front contre front. Il se dégageait de sa carcasse un calme et une force effrayante, quelque chose de surnaturel, une reminiscence ancestrale des gestes à accomplir face au danger, et nul doute qu'il se trouvait à l'instant devant un grizzly qui lui barrait le passage de sa demi-tonne poilue. L'ours à casquette effectua un vol plané jusqu'aux brodequins des pandores, retomba de ses

158

maigres soixante-cinq kilos sur son appareil, ce qui était bien suffisant pour que l'objectif se dissocie de la chambre noire à jamais. J'esquivai une retraite stratégique, mais l'incident avait dégrisé le trappeur, il pigeait par petites touches, se rendait compte enfin que le plus dangereux des fauves était peut-être bien le maire.

Tout à coup c'est à lui qu'il en voulut, à son maudit tuteur, à son pourvoyeur de bad-trip, à son faux bienfaiteur qui le roulait dans la farine depuis tant de mois, à celui qui l'avait encouragé pour mieux l'avoir sous sa coupe. Mais l'autre avait vu dans ses yeux monter le danger et il se calfeutra dans sa limousine toutes portes verrouillées. Florent Ladouceur se rua sur la caisse et la secoua comme une vulgaire dedeuch prise dans une manif au Quartier latin. D'un fabuleux coup de poing il enfonça le capot jusqu'au cœur du moteur et il ne fallut pas moins de quatre représentants de la force publique pour tempérer ses ardeurs, le temps que Barronet puisse faire demi-tour et évacue le campement dans un bruit de casserole, sous une bordée d'insultes en joual.

Le pisse-copie en profita pour se faire la valise, réfugié dans sa voiture transsaharienne et démarra minablement en seconde, sans Leïca, sans reportage, sans humour, se promettant de négocier une sacrée prime de risque si la direction l'envoyait à nouveau en mission chez les Zoulous des Alpes.

Florent Ladouceur, poupée de son sans son, Samson vidé de son énergie, se laissa aller contre mon épaule. Incroyable gros patapouf.

Je m'assis à ses côtés partageant ma dernière canette, pendant que Joseph Chamefaux et son équipe qui ne sautillait plus, relevaient les indices sur des formulaires pas conçus du tout pour rendre compte d'une telle aventure. Il n'en fit qu'une gorgée de ma « 33 », sans y prêter attention. Il en avait gros sur la patate et m'avoua que le maire lui avait demandé dès mon arrivée au bourg de me suivre et de lui faire un rapport précis sur mes allées et venues. Il faisait ça pour tous les étrangers et même ses proches, pour avoir prise sur eux ou parer les coups à venir. Confidence pour confidence, je lui appris que tout Sauveterre était au courant et que les jeunes de la cité l'appelait « la fouine ». Ça lui coupa ses dernières forces. Son regard et ses lèvres étaient tellement fermés qu'on aurait dit que sa barbe en un instant avait envahi sa face.

— Tu comprends, me dit-il, avec l'accent retrouvé de son bord de lac qu'il n'aurait jamais dû quitter, la France est un pays de cocagne pour nous, on a toujours l'impression que les cousins nous y attendent et je pensais que l'Institut Pasteur allait racheter mes installations. J'ai pas mal d'atouts. J'ai réussi à ramener la durée de gestation de 90 à 70 jours et j'ai fait éclore des portées de 25 œufs fécondés par femelle ! Des résultats formidables dûs à mes plants de bleuets.

Je ne mouftai mot malgré l'envie que j'avais de savoir s'il n'avait pas trouvé par hasard dans son vivarium de drôles de spécimens à deux têtes ou quatre yeux du style de ceux qu'on commence à trouver dans la campagne de Russie, pas celle d'Odessa, celle de Tchernobyl.

Il aimait son boulot le bougre, et il parlait, et il parlait comme si ça allait lui rendre son cheptel. Et puis d'un coup, dans un éclair de conscience, il se rendait compte de la réalité du désastre et retombait en catalepsie.

160

On était devenus potes.

— Dis Florent !

Je le secouai par le bras.

— Qu'est-ce que tu as vu le soir des meurtres ?

Il n'essaya pas d'esquiver. Il y était.

Pour Stanislas il avait distingué deux silhouettes, des jeunes à son avis, mais n'en avait rien dit au maire. Je lui dis de le garder pour lui, que tout le monde y gagnerait, que ça ferait pas revenir Stanislas, et que j'étais au courant. Pour Julien, il était justement sur la route goudronnée. Un vrai hasard cette fois. Il capturait des grillons et des sauterelles pour ses vipères. Le gars avait rencard, c'était sûr. Il regardait sa montre et sans se cacher s'était dirigé vers les bassins pour y être cueilli par un terrible coup dont il avait entendu le bruit sourd. L'agresseur portait une robe, il en était certain. J'en restai, comme deux ronds de frite. J'avais encore à apprendre sur l'âme humaine. Les curés bien sûr ! Les putains de merde de frères à soutane capables du pire dans leur isolement mystique. Mais qu'est-ce que venait foutre le petit frère de Lavillier dans cette galère de Dieu ? Avec lequel d'entre eux avait-il rendez-vous ? Retournait-il à l'atelier où il avait bu un café le matin ? Draguait-il un novice tourmenté par la chair ?

C'était de plus en plus évident, cette sainte enclave en terre de mission haute-provençale et basse-alpine jouait un rôle primordial dans les énigmes macabres de ces derniers jours. Mais lequel ? Le couple de vipères lové dans ma couche s'était-il échappé des enclos ? Florent ne savait pas. Il n'avait pas contrôlé depuis plusieurs jours ceux du fond, les mâles qui somnolaient en attendant l'époque de la reproduction. Le saccage s'était peut-être fait en deux temps sans qu'il s'en rende compte tout de suite, ce qui expliquait leur présence dans les lavandes de l'abbaye comme le soutenait le père Gabriel. C'était toujours cette même politique du brouillage des pistes par le système de l'avalanche. Comment savoir à présent, au milieu d'une telle débauche de vipères ?

Chamefaux qui se promenait avec ses formulaires inutiles et un bâton dont il frappait le sol devant lui, voulut interroger le Québecois. Je le laissai à ses investigations, quittant à regret mon nouveau pote dont j'appréciais le gros cœur sous la fourrure de fouine. Il me fit promettre de revenir un de ces soirs où on s'achèverait avec des flots de bière et des montagnes de brochettes arrosées de sirop d'érable qu'il liquiderait avant son départ, car c'était sûr à présent, sa place était là-bas parmi les siens moins tordus que ses french-cousins qui s'étaient, voulais-je bien l'admettre, fortement dégénérés.

Il rota un grand coup pour montrer aux keufs qu'il avait encore du répondant et qu'il ne se laisserait pas embrouiller par leurs questions sournoises.

— Allez salut l'Apache !

— Salut l'crotté !

Son bon rire de terrien m'accompagna jusqu'au village. Je le savais capable de retomber sur ses pieds, de chasser les sirènes qui l'avaient un moment mené en bateau, d'oublier cette épisode foireux de sa vie, et de continuer à échafauder des plans sur sa comète farfelue. C'était pour ça que ses ancêtres avaient su s'adapter au Grand Nord. Un mélange d'utopie et de gros bras. Je lui faisais confiance. Après plusieurs hivers à courir la forêt en raquettes il n'y aurait plus traces de dioxine dans sa carcasse de bouffeur de carottes.

*

Le garagiste avait fait du bon boulot. Avec ce vent la peinture séchait rapidos et il avait enchaîné ponçages et voiles à la queue leu leu.

Il avait même eu le temps de pousser une pointe sur les hauts plateaux pour fignoler le réglage du bijou. Sur des bagnoles comme ça, tout le plaisir était pour lui. Il persistait à penser que si ma D.S. avait pu parler elle lui en aurait appris un max sur les mœurs de la pègre. Je ne le détrompai pas et lui rendis son clin d'œil appuyé. Après tout j'en connaissais un brin. Bokassa et Mobutu valaient bien Spaggiari.

Ah ! le plaisir de retrouver la bonne vieille odeur du cuir, comme un fauteuil réservé dans un fumoir british après un séjour aux colonies. Je me laissai aller. J'avais besoin du sourire d'Ornella. Je me l'annonçai comme ça, sans chichi, sûr de mon envie, et rien que le fait de me l'avouer aussi simplement était déjà drôlement bon.

Je dus jouer des coudes pour traverser la salle du bar. Elle discutait avec passion, avec les yeux, avec la bouche, avec les mains, avec les gars du coin, dressée sur la pointe des pieds, derrière le comptoir. Aux tables, à la terrasse et même sous les platanes jaunis, on y allait de la tchatche. Les discussions s'enflaient en un brouhaha de halle aux poissons.

La Rousquille reprenait souffle dans l'angle du comptoir, deux tabourets de bar en guise de béquilles.

— Victor Boris. Je me faisais du souci. Où étiez-vous

163

passé depuis ce matin ? On a aperçu votre voiture chez le Savoyard, ce filou qui a revendu à mon neveu une 4L de 60. 000 km alors qu'elle en avait sûrement plus du double. Avec tous ces événements il y a de quoi s'inquiéter.

— Les vipères ?

— Vous êtes au courant ?

— Si vous saviez vous n'en reviendriez pas ! J'ai été le premier averti, après avoir été le premier visé !

— Vous voyez qu'il y avait de quoi s'inquiéter.

— Pas si on est malin ; c'est mon cas. C'est à cause des vipères cette agitation ?

— Oui, et pour le reste aussi. Ça commence à faire beaucoup. On sait plus où aller au jour d'aujourd'hui. Dans la garrigue on se fait déchiqueter par les engins de chantier, dans son lit on se fait trancher la gorge, et à la maison il y a des serpents sous le Frigidaire. Ils ont même gobé les œufs du poulailler de la voisine du pharmacien, et à ce qu'il paraît on voit nettement les traces de leurs langues fourchues sur les coquilles.

J'avais rien à rajouter, on combattait pas les frayeurs ancestrales avec des mots. Il y avait du lynchage dans l'air pour peu que quelques allumés désignent les responsables. Le pastis et la peur faisaient mauvais ménage et il y avait foule dans le clan des démagos.

Ornella essayait de désamorcer les petits groupes qui se montaient la tête, attaquait l'intolérance de front sans crainte, avec un aplomb étonnant. Mais elle se heurtait à forte partie. Je me glissai à ses côtés pour renforcer son camp. Une caresse de chat par-dessous le comptoir m'assura qu'elle appréciait le geste.

Premiers visés, les étrangers comme il se devait. En tête le Québécois, mauvais génie venu du froid, satyre barbu se nourrissant de baies et de lézards, drogué pour en être arrivé là, responsable du lâcher de serpents sur la commune avec la complicité des patrons de laboratoires, sûrement des juifs qui introduisaient la vipère en garrigue comme d'autres le lynx dans les Vosges. En second venait la communauté harki, RONA de pères en fils, chômeurs bouffeurs d'allocs, apatrides par traîtrise, osant porter le drapeau français les jours de défilé aux monuments aux morts, quel culot, voleurs par naissance, drogués par culture, égorgeurs de moutons et de femmes sans aucun doute. Puis, étrangers au département, les Marseillais, échecs évidents d'une justice laxiste, petits mecs qui venaient se refaire une santé aux frais du contribuable, trafiquants qui ne pensaient qu'à engrosser les filles de Sauveterre pour les mettre sur le trottoir du Vieux-Port et qui avaient dû tous passer sur la du Panier, la garce ! Enfin les vieux du spectacle, indécents dans leurs désirs de plaire à leur âge, au lieu de faire sauter leurs petits-enfants sur leurs genoux, faire des confitures ou tricoter devant la télé comme les nôtres, radins, trafiquant leurs bijoux chez l'antiquaire, encore elle.

Les natifs du coin reprenaient en chœur l'air de la calomnie, protégeant cependant le dernier carré des greffés au pays, les frères de l'abbaye car « quand on avait sa place à la droite de Dieu on était chez soi partout ». Pauvres tarés embrigadés !

Submergée par la boue qui coulait à flots, Ornella lâchait prise. Ses arguments devenaient dérisoires face au mur de la connerie. Réflexes d'une communauté sans avenir, enfermée sur ses certitudes depuis des générations, incapable de la moindre générosité, prête à aboyer aux chausses des faibles et des rastaquouères. Elle se mit à les détester d'un seul coup, viscéralement. Le bruit enflait, repartait, montait à l'assaut du Sailor comme des vagues d'équinoxe chargées de varech souillé. Tout tournait autour d'elle. Elle voulut se rattraper à l'évier, balaya de la main une rangée de verres à pied, et je la récupérai dans mes bras comme à l'Opéra juste avant que le rideau se baisse.

La Rousquille, avec son grand cœur et son torchon sur l'épaule, accourut au bruit. Ce n'était rien qu'un étourdissement, trop de fatigue, trop de fumée, trop de haine.

Et alors là, devant son corps d'adolescente montée en graine, à peine assez formée pour pouvoir porter les chaussures à talons de sa maman, je ne sais ce qui me prit, mais tel le Cap'tain Crochet surgissant des bas-fonds je brandis le poing par-dessus le comptoir et ma grande gueule par-dessus les tables à ragots.

— Allez, ouste, ça suffit ! m'entendis-je hurler. On ferme ! l'heure de la médisance est passée !

J'étais au mieux de ma forme, capable à moi tout seul de vider le bar, de défendre la morale, la vertu, la veuve et l'orpheline qui reprenait ses esprits sous les claques de la Rousquille. Les bras écartés je chassais ce troupeau de bofs à la petite semaine, de commerçants aigris, de ménagères en tablier et savates, d'artisans hébétés par leur pastaga, de jeunes paumés, de laissés pour compte de Maastricht, plus amortis que leurs dinosaures.

Ornella, au fond du bar admirait comment je pouvais incarner à la fois le Cap'tain, Don Quichotte et les ailes des moulins, secondé par Sancho Pança la Rousquille qui poursuivait les récalcitrants et les sourds à coups de torchon ! Je lui fis perdre quelques fidèles clients, mais gagnai son estime.

Je baissai le rideau de fer à mi-hauteur comme je l'avais vu faire par le Marius de Pagnol, et d'autorité ramenai une bouteille de Chianti de la réserve. On allait pas s'aigrir à notre tour en traitant les autres de sales cons. Pas de ça entre nous. On tomba d'accord et dans les bras l'un de l'autre. La Rousquille applaudit et passa à l'arrière pour nous laisser faire notre séance de lèche-museau et mettre en route une omelette aux pommes de terre et aux lardons, une de ses spécialités qu'elle allégeait de graisse d'oie tirée des bocaux « faits à la ferme » dont elle avait garni les étagères dès son arrivée au Sailor.

— C'est comme ça chez mes parents, annonça-t-elle en repoussant tous les « r » qui lui collaient au palais.

Autour de deux tables accolées on se partagea la brouillade du Sud-Ouest et le vin de Sienne.

La Rousquille raconta ses années de pensionnat chez les sœurs de Toulouse, Ornella ses génuflexions d'écolière sous la férule des frères italiens, et fustigeant ceux qui habillaient les fillettes en bleu pour leur faire croire qu'elles étaient les petites sœurs de Marie, nous bûmes à la santé de tous les antéchrists de la terre, seule engeance dont nous supportions l'intolérance.

On avait tous des comptes à régler avec ceux de l'abbaye de Roscodon. La Rousquille dont je me rappelais le « Bigre chez les curés » lors de la soirée aux Hauts-du-Maure parce qu'elle détestait l'arrogance friquée des grosses voitures aux vitres teintées. Ornella parce qu'elle savait à quoi s'en tenir sur leur collection privée de tableaux dérobés. Et moi parce que je multipliai les indices les mettant en cause, l'accident maquillé de Julien, le mystère de l'atelier, les vipères en guise de nounours, les confidences de Ladouceur sur la silhouette en robe le soir du meurtre.

Je racontai ce qu'avait été ma journée, depuis la cité des Forêts jusqu'au campement du Québécois, en passant par Lapalud.

— Tous des cinglés marmonna la Rousquille. Qu'est-ce que je suis venue me perdre sur ce plateau à menteurs.

Elle résumait assez bien notre pensée.

— J'ai quitté la ferme de mes parents, continua-t-elle, pour me mettre au service des autres. Je ne sais faire que cela. Mais pas à n'importe quel prix, pas dans cette ambiance de tordus, où c'est chacun pour soi et tous contre tous. Heureusement qu'il y a le Village-Vacances. Je les aime bien les pensionnaires. C'est pas des vieux. C'est incroyable leur désir de vivre. Mais ce grain de beauté est plaqué sur la peau de crapaud de Sauveterre. Il faudra bien que je m'en retourne à Toulouse.

Le Chianti la rendait lyrique. Je me promis de l'emmener chez le Florent lors de la fête d'adieu et de la faire danser jusqu'à plus force, jusqu'à ce qu'elle perde pied et raison dans les bras du bûcheron. Les gens simples méritaient mieux que de ruminer en solitaire leur envie d'aider les autres. Je fis part de mon plan à l'oreille d'Ornella qui, après m'avoir dit de me mêler de ce qui me regardait éclata de rire à l'idée du traquenard.

Mélange de sérieux et de spontanéité chez cette fille. J'aimais. Qu'est-ce que je n'aimais pas d'elle ? Il y avait longtemps que je ne m'étais pas senti aussi bien.

Mais pour éviter les rechutes, que je puisse aller en paix,

que je trace enfin un trait sur mon passé, il fallait que je trouve ceux qui de près ou de loin aidaient le hasard à jalonner mon chemin de cadavres.

— Il faut se battre, dis-je.

— Et battre Pascal Barronet tant qu'il est encore chaud, ajouta-t-elle.

Elle avait raison, sa fuite la queue basse sous les flashes de Tintin et les coups de poing de Florent, alors qu'il aurait dû assumer ses responsabilités de premier élu du canton, signaient la fin de son état de grâce.

Le Chianti avait versé du sang italien dans mes veines, Ornella l'avait de naissance. Sus à la tanière du mafioso local. Qu'importait l'heure.

La Rousquille, plantée toute courtaude sur le seuil du Sailor, nous regarda partir, la main dans la main, exaltés comme des guerilleros.

Elle vivait en *live,* la vie passionnée et dangereuse des romans-photos qu'elle empruntait aux pensionnaires du Village-Vacances !

*

Il nous fallut naviguer à vue dans les ruelles de Sauveterre avant de parvenir au portail de la villa du maire.

Il s'était dégotté un terrain sans valeur, perdu à la périphérie du village, une plage de caillasse qu'il avait fait concasser pendant des mois par les engins du Centre de formation intégré jusqu'à obtenir un sable doux sous la semelle mais dur à l'œil, une déjection de crassier que le moindre souffle soulevait. Il s'en foutait, ça ne lui avait rien coûté et le gazon lui donnait de l'asthme.

La commission « Urbanisme et travaux » du conseil

général lui avait attribué une enveloppe conséquente dans le cadre de l'opération « fleurissez vos communes » et, premier et seul servi, il s'était fait livrer d'énormes bacs en bois remplis d'une bonne terre de bruyère où poussaient orangers et citronniers. Sa passion, ces arbres ! Son exotisme, sa Côte d'Azur et son Uruguay, terre d'accueil et terre d'exil, itinéraire envié d'un de ses amis, grand de ce monde de la politique magouille, Jacques Médecin himself dont il avait un portrait sur son bureau à côté de ceux du Général de Gaulle, de Jean-Paul II et de Madonna ! Tous battants et battantes à qui il avait serré la paluche devant l'objectif, sauf Madonna qui croyant qu'il était producteur hollywoodien eu égard à son tour de taille lui avait fait une « bise chaude » comme il aimait le rappeler en fin de banquet.

Malheureusement il avait aussi la passion des jets d'eau et des nains de jardin, et ça glougloutait de toute part dans des vasques en aggloméré où se miroitait la marmaille en plastique de Blanche-Neige.

Je souhaitais que tant de fraîcheur dans ce Disneyland de pacotille attire des familles entières de Vipéra Ursini. Nous gagnâmes les abords de la maison en slalomant entre des bonnets rouges qui poussaient des brouettes.

Il était là, dans son salon, avachi sur un canapé de cuir mauve criard en harmonie avec les fourrures au sol, la cheminée monumentale, le bar en demi-cercle cerné de hauts tabourets façon Pigalle comme le lui avait affirmé le vendeur de chez Habitat, vraiment du fric foutu en l'air, en train de regarder les infos régionales à la télé. Et à l'instant précis il découvrait justement ce qu'il redoutait le plus, qu'on parle de Sauveterre à la rubrique faits divers. Tintin avait averti FR3 dès son retour et un opérateur

zoomait sur mon pote canadien, rabelaisien à souhait, bouf-
fant du Barronet à chaque mot, bien qu'handicapé dans
ses propos par son surplus de poils, son accent de là-bas,
et les retours de bière qu'il s'était copieusement enfilée
après mon départ. Une anthologie du direct à la téloche !

Rien ne pouvait mieux nous faire plaisir que ce que nous
découvrions par la fenêtre : Le Dario Moreno de Sauveterre
traqué jusque dans son canapé par celui qu'il avait roulé.

— Le vent tourne, me souffla Ornella.

— Et se transforme en tempête.

D'un grand coup d'épaule j'enfonçai la porte, question
de l'intimider et de le clouer sur son divan mauve.

La fin du monde est pour ce soir, pensa-t-il croyant que
les personnages de la télé venaient de franchir l'écran, tour
de passe-passe poétique lorsque c'est Woody Allen qui
s'en charge, cauchemardesque quand ça vous arrive dessus sans crier gare.

J'accentuai la pression par des aboiements de malfrat,
m'asseyant à ses côtés alors qu'Ornella jetait un coup d'œil
alentours des fois qu'il y ait une Mme Barronet.

— T'es un vrai salaud. Il y a panique à bord de ta
commune et tu sirotes ton whisky devant la télé.

J'étais sincère. Il comprit le danger. Ses yeux allaient
et venaient de l'écran à moi.

— T'inquiète pas, le réel c'est moi, l'image c'est lui,
mais on est dans le même monde, celui qui ne tolère plus
tes saloperies.

L'image était en train de faire un bras d'honneur
monumental à la caméra, sans que je sus s'il s'adressait
au maire ou au reporter trop insistant. Il était bien capable
d'en avoir marre le Florent et de se retourner contre le
fouille merde des médias.

Si Barronet avait perdu de sa superbe, engoncé dans un jogging blanc qui soulignait pli par pli son adiposité, il restait sûr de lui, prêt à mordre, à tourner autour du pot, à finasser pour reprendre ses esprits. La baffe que je lui allongeai remit les pendules à l'heure. Sa grande aiguille fit trois tours d'un seul coup. Ornella qui descendait de l'étage marqua sa réprobation. Trop tard, le retour de l'aller acheva le travail sur l'autre joue. Il marquait l'heure juste à présent.

— C'est pas moi, c'est pas moi.

Même chanson que le gamin de la cité. À son âge, c'était écœurant. La bagarre était pas son fort. Les marchés véreux il les obtenait à la force du bluff pas du poignet. La fureur barrait mon front. Je le saisis par le collet et serrai.

— Laisse-le parler, lança-t-elle d'un ton glacial.

— O.K., O.K.

Il puait le whisky et la sueur, c'était facile de le détester. Je le détestai. Il respira un grand coup.

— Jamais je n'ai touché à l'élevage du Canadien. J'avais besoin que son projet marche, pas que ses bestioles courent la campagne.

— Pourquoi tu t'es affolé au campement ?

— Pas de journaliste sur ma commune ! C'est moi qui les convoque. Et puis il y avait l'autre pété derrière lui.

Elle n'eut pas le temps de stopper mon poing vers la grosse cible bombée de son estomac, on parlait pas de mon pote en ces termes.

— Tu me faisais suivre ?

Il happait l'air à petites gorgées bilieuses.

— Si Ladouceur est assez con pour accepter les

172

filatures que je lui demande, c'est son problème. Je suis maire et officier de police, j'ai le droit de savoir qui s'installe chez moi.

Mais putain de persifleur, rien ne lui ferait fermer son clapet, ni ravaler son arrogance de roquet du pouvoir décentralisé ! Ornella voyant poindre le pire, prit les devants. L'action stalinienne pointait derrière l'écoute trotskyste.

— Ordure ! Et Lalou ? tu l'as tuée deux fois. Par balle et par lame. Je t'ai vu de chez moi. C'était une amie Lalou et tu ne lui arrives pas à la cheville. Elle était sur le trottoir, toi tu traînes dans le caniveau.

Elle tremblait. Colère et mépris. Il représentait tellement tout ce qu'elle avait combattu. Incroyable, elle lui cracha au visage sans marquer la moindre émotion. Il ne fut plus rien devant elle, un dragon de papier froissé puant le soufre et la dioxine, une marionnette crachouillant des excuses, un pas de couilles qui sautait la belle antiquaire parce qu'il avait du pognon.

Il n'avait pas tué Lalou. Il le jura sur la tête de ses neveux en rajoutant que la famille c'était sacré ! Il passait chez elle pour la surprendre. Je traduisis pour la baiser bonjour-bonsoir ça va mieux. Étonné de voir la boutique encore fermée il était entré avec sa clef. Devant le massacre, il s'était affolé, craignant qu'on ne l'accuse car c'était de notoriété publique qu'elle était sa maîtresse et qu'ils s'étaient engueulés la veille au cours de cette lamentable soirée à la Salle des Fêtes. Et là, pour orienter les soupçons vers la communauté harki, il lui avait tranché la gorge, froidement, mais en fermant les yeux. Il était pas voyeur.

Ornella, couleur jogging, s'appuya au bar.

Il continua à parler, imaginant qu'il s'en sortirait mieux s'il se lançait dans une sorte d'auto-critique mielleuse, les mots de toute façon ça se donne, ça se reprend. Je l'arrêtai net.

— Je questionne et tu réponds. Les tableaux ?

— Elle en a remis un à des amis de Marseille pour qu'il l'expertise et a planqué l'autre dans un coin de sa boutique, sans doute une toile sans importance.

— Il y était toujours ?

— J'en sais rien.

— Que disait Lalou de cette expertise ?

— Elle était inquiète mais ne m'en a pas dit plus que ça.

— Pourquoi tu en veux aux harkis ?

— Ils foutent le bordel sur la commune.

— Pourquoi tu ne les aides pas ?

Pas de réponse.

— Pourquoi tu ne fais rien pour eux ?

Il eut peur que je le frappe. Je devais être de l'Internationale. La pieuvre rouge avait survécu à la chute du mur de Berlin et œuvrait dans l'ombre.

— Il faut qu'ils partent. L'usine de traitement de lavande ne s'installera pas à Sauveterre si ces…, (Il se reprit.) si la communauté reste là. Les patrons de Grasse sont farouchement opposés à ces… heu, à eux.

— Tu veux dire qu'ils ne veulent pas que leur parfum prenne de l'odeur ?

Imperceptiblement il acquiesça de la tête.

Ornella se planta devant lui.

— Lève-toi.

Je crus qu'elle allait le flinguer, façon Baader.

— Sers-moi un whisky.

À petits pas il gagna le bar. Ça y était, on négociait, il s'en sortirait. Il avança le verre sur le comptoir, retrouvant ses marques, souriant chevalier tout de blanc vêtu. En une fraction de seconde le verre lui revint à la gueule sans qu'il ait le temps d'esquisser le moindre geste.

— Viens, me dit Ornella apaisée.

Enfin presque. Elle saisit la bouteille de J&B et la balança contre les miroirs biseautés du mur, morcelant l'image de Pascal Barronet qui gémit de trouille et s'affaissa sur le sol comme un avorton de méduse.

Il nous fallut tout le temps du retour vers le Sailor pour que chacun récupère de son côté en silence et mette de l'ordre dans ses pensées.

La Rousquille était rentrée chez elle. Il ne fut plus question de chambre d'ami. Nous avions besoin des bras l'un de l'autre, sans distance. Elle joua à la sirène sur les draps blancs, je fis le poisson pilote. Elle fit semblant de me gober tout cru, je me gonflai comme une lanterne japonaise. Et nous navigâmes longtemps à contre-courant car c'était incroyablement troublant de remonter vers nos sources. Les eaux se retirèrent. Nos ventres lisses s'apaisèrent et la logique refit surface. Nous échangeâmes nos impressions.

La clef de l'énigme était quelque part entre les tableaux de Lalou et ceux de l'abbaye. Mais il nous manquait le code pour entrer dans ce labyrinthe. Qui avait intérêt à lâcher des vipères dans Sauveterre jusque dans mon lit, à éliminer Lalou et faire taire Julien ? La mort de Stanislas, paix à son âme dans la paradis des stars, n'éclairait pas les autres meurtres.

Puis la certitude d'être bien l'un avec l'autre prit le

dessus. Ornella me rappela à quoi servaient les rondeurs d'une épaule et je m'endormis en faisant des bulles, ce qui ne faisait pas très sérieux pour un ex-baroudeur.

*

Premier réveil. Café noir, miettes sur les draps, détournement de pelochon vers les reins cambrés, je dis oui tu dis non et vice versa. J'y prenais goût, elle aussi. Deuxième réveil plus calme.

— Journée break ?

O.K. chacun pour soi. Elle à Gap pour « des affaires avec le notaire », moi direction la Méouge pour cause de farniente.

Tchao. À ce soir ? Rires gênés. Rendez-vous 19 heures vers le surplomb de la falaise au-dessus de la Méouge.

Les marmites de géant, creusées par dix mille ans de galets, bouillonnaient à l'ombre des dos de dauphins caressés par un soleil de plein été avec un rien de nuance préautomnale. L'eau était abondante, douce à la peau, fraîche comme si un glacier souterrain s'écoulait par la blessure du torrent.

Je ne pouvais qu'être à poil pour ce baptême et je cachai mes affaires sous les racines d'un arbuste désespéré qui s'accrochait à la vie et à une poignée de terre déposée par les crues d'hiver.

Quand j'étais môme, j'allais piéger les truites sous les piles du Pont du Gard avant que l'on se charge de m'apprendre que c'était une œuvre d'art, un aqueduc romain classé monument historique qui méritait d'être entouré d'un camping international. Plus tard j'avais attrapé des barracudas et un début de bilharziose dans les eaux basses des fleuves tropicaux, mais chaque fois que je pateaugeais dans un cours d'eau je redevenais petit garçon ou aventurier souvent les deux, avec une âme de chercheur d'or.

Tennis au pieds je remontai le courant, soulevai les pierres, farfouillai du bâton dans les trous d'eau, escaladai d'énormes pans de falaise aux arêtes vives décrochés des cimes, plongeai dans les piscines de Beverly Hills, montrait mon cul à deux Belges mamelues qui bronzaient comme à Saint-Trop : serviettes, crèmes, Coca, magazines, transistor, perdai la notion du temps, sifflotai heureux comme un Bulgare quand il a des femmes et du vin !

Le retour au point départ fut moins euphorique. Je vis tout de suite qu'on avait fouillé dans mes fringues. Plus de larfeuille. Piégé comme un vulgaire touriste, moi qui me marrais quand on me racontait ces histoires, incroyable comme les gens sont naïfs, dès qu'il y a une pateaugeoire ils se croient seuls au monde !

Je sautai dans mon jean en gueulant qu'il n'y avait plus moyen d'être deux minutes tranquille dans ce putain de pays de merde, et repris la montée en me félicitant d'avoir laissé les clefs de la D.S. dans sa cache aimantée sous l'aile avant, toujours ça qu'ils n'auraient pas, puis d'un bond de côté me planquai à l'abri des buissons pour piéger le voleur qui trop content de son coup se croirait à son tour seul au monde. Parfois ça marchait. Et ça marcha.

Une silhouette se décolla de la falaise, zieuta longuement vers le haut et jugeant le passage libre s'aventura à pas de loup sur l'unique sentier conduisant à la route.

Telle la vipère d'Orsini je bondis sur ma proie.

De mon côté, réflexes émoussés. La proie se retourna avant que je ne referme mes bras et me cueillit à la pointe du menton. De son côté, mauvais calcul. Il fit volte-face trop vite, trébucha, partit en arrière, arracha une touffe de lavande au passage, et de culbute en culbute se ramassa deux tournants plus bas.

Premier à revenir sur le ring je l'achevai d'une monumentale paire de baffes, exercice auquel je commençais à prendre goût. Il faudrait tout de même que je reprenne le chemin des salles d'entraînement.

Il n'avait guère plus de 16 ans le détrousseur de touristes. Des balafres au cuir chevelu, une joue bleutée, rien que du superficiel. Un petit frère à Julien, mais façon Renaud, le boucle d'or des banlieues. Aussi noir qu'une olive. Gitan, yougo ? Favoris, poignet de cuir, blouson clouté, foulard rouge gouailleur, mauvais ange angélique qui se tapait toutes les Hollandaises qu'il voulait dans les criques de la Méouge avant de se casser avec leurs chéquiers et leurs cartes bleues.

Je récupérai mes effets. Tout y était, même mon vrai-faux passeport diplomatique que je trimbalais imprudemment sur moi au risque de faire sauter un de mes derniers potes du service de la sécurité des voyages présidentiels qui me fournissait en identité bidon.

Il émergea des brumes, porta la main à son front et épouvanté par le sang s'adossa à la falaise. Capable de suriner une mémée sur le chemin de la Caisse d'Épargne, mais prêt à s'évanouir à la vue de son résiné. Dur et émotif. Au doigt une bagouse tête de mort gagnée à la fête foraine, mais au poignet une gourmette : LUDO, des fois qu'il se perde et que sa maman s'inquiète.

Ludovic ? Merde, le Corse, le fugueur de Lapalud. Et

c'est ce môme déguisé en mauvais garçon du Top 50 qui flanquait la trouille à Dürbec! J'appris à mes dépens que le dirlo avait raison de s'en méfier. Le soleil tapait dur, son poing aussi. Trop, c'était trop. J'étais pas garde d'enfant, tant pis pour ses quenottes, il les mettrait sous l'oreiller. Je frappais fort du plat du pied, bien appuyé. Une pivoine éclata sous son nez. Cette fois il était bien servi le Ludo. Du sang, il en avait partout. Il l'étalait comme un môme qui maîtrise mal sa morve.

— Dis le fugueur, tu commences à me les casser sérieux. Arrête de jouer au con. T'es tout seul ici, y a pas ta bande derrière toi. Si tu veux pas faire le grand vol plané vingt mètres plus bas, tu arrêtes tout de suite. Tout de suite j'ai dit.

Je le secouai comme un prunier d'automne pour que la leçon rentre bien. Il faut répéter à cet âge-là, et le délestai prestement d'une lame qui faisait bien ses huit doigts.

— Petit salaud de fils de Corse. À ton âge je me baladais avec un lance-pierres.

— Touche pas à la famille. Mais tu me connais?

— Je touche à qui je veux et que tu sois Corse ou Croate je m'en bats l'œil. Que tu te casses de cette maison de fous qui marche sur trois pattes j'en ai rien à foutre non plus. Mais que tu t'occupes de mon portefeuille et de mon menton ça passe pas. Pas du tout. Me fais-je bien comprendre?

Je fis valser le surin à l'autre bout du monde, au risque de blesser un dauphin.

Ses yeux me fusillèrent.

— C'est comme ça mon vieux, quand on perd c'est l'autre qui fait la loi.

— Comment tu causes toi, t'es éduc?

— Ta gueule, m'insulte pas. Tu les aimes pas ceux de Lapalud ?

— Tu connais Lapalud aussi ?

— Et ton père, et ta mère et ta sœur ouais. Qu'est-ce que tu crois, tout le monde dans le coin sait qu'il y a en cavale un gars du Centre et des vipères. On se méfie des deux. Comment t'es arrivé jusqu'ici ?

— En stop

— Comment tu bouffes ?

— De ci, de là.

Avec ses lèvres fleuries et sa joue ballonnée il ressemblait à un crapaud malchanceux. J'avais rien contre lui, il aurait pas dû se trouver sur mon chemin. Je lui offris une clope, il n'en revint pas. On tira en silence, se guettant du coin de l'œil.

S'il avait pas eu cette douleur à la tronche il aurait pas été mécontent. Il savait plus comment se sortir de ce merdier. C'était l'occase. J'avais l'air conciliant quand on me cherchait pas. C'est lui-même qui aborda le sujet.

— Julien, tu connaissais aussi ?

— Tu penses, j'ai été un des derniers à lui être présenté. Silence

— C'était mon jumeau Julien. Plus âgé, mais jumeau : tu sais ce que ça veut dire ?

Silence à mon tour.

— À la vie à la mort. Moitié, moitié. Ludovien et Julic. On se disait tout.

— Si tu veux le venger, tu dois parler. Qu'est-ce que tu sais ?

Un tour gratuit.

— Vas-y, je suis pas flic. Si je peux t'aider je le ferai J'ai des comptes à régler de mon côté. Donnant, donnant.

180

Il se servit d'office dans le paquet de Camel et sourit avec ce qui lui restait de présentable dans le bas du visage, une grimace d'hémiplégique, Renaud après l'effondrement des tribunes à la Bastoche le soir du G7.

Il en pouvait plus de zonage et de trop de secret, il lâcha les vannes.

— Julien a fait une connerie, une grosse, sans le savoir. Il turbinait à la tranchée de l'abbaye, tu sais celle qui devait recevoir les buses pour amener la flotte aux bassins des curés. Ils voulaient élever de drôles de poissons pour les Missions de là-bas chez les nègres. Des tilapias qu'ils disaient. Je m'en souviens parce que ça nous faisait éclater de rire avec Julien ces piranhas bouffeurs de moustiques. Bref, il allait, il venait Julien, il s'était fait un copain, un tonsuré du pinceau, un qui peignait les herbiers, un livre en couleurs plus vrai que nature, pétales et tout.

Il marqua une pose, ajusta sa clope qui écorchait ses lèvres.

— Un jour il lui a montré une collec de tableaux plus chers que jamais il pourrait avoir de pognon de sa vie le Julien même s'il gagnait au *Millionnaire*. Il fallait pas le lui dire deux fois de suite. Le soir il chouravait deux tableaux en pensant que dans le lot ça se verrait pas, des trucs vieux comme chez ma tante de Propriano, que j'échangerais pas contre les posters de ma piaule, mais qui valaient du fric. Il est allé aussi sec les fourguer à la tapin, l'antiquaire. Il aurait dû attendre à mon avis.

— Mollo Ludo mollo, Lalou c'était quelqu'un.

— Merde alors tu connais tout le monde, excuse. Elle lui a donné deux mille balles par toile, tu te rends compte, deux mille comme ça sans discuter, ni vu ni connu, chacun fait son affaire. Il en revenait pas. Sauf que le lendemain il a trouvé un mot sur sa taupe comme il l'appelait, l'engin à creuser quoi. Les curés lui disaient que s'il ne rendait pas les toiles ils lui mettraient les keufs au cul. Lui qui était déjà récidive. Remarque les curés étaient réglos ils le prévenaient avant. Rencard le soir même. Il les avait à zéro vu qu'il avait plus les tableaux et que le fric il se l'était envoyé avec des copains direct dans la seringue, lui qui y touchait plus depuis six mois.

Fin de la clope. Respiration plus appuyée.

— Mais il y est allé quand même, après m'avoir mis au parfum. Normal on était jumeaux, on se prêtait même nos meufs. Et le lendemain ce con il était raide, pas d'overdose, d'un coup de pelle. Putain ! Les curés l'on massacré. Pédé de Dieu !

Ses mots déclenchèrent des flashes dans ma tête : le jardin la nuit, les bassins, le corps meurtri, et puis Lalou blanche comme l'opaline qui cherchait en vain les tableaux qu'elle avait cru être un bon coup. Les salauds, c'était pas vrai, ils s'étaient payé Julien puis Lalou pour récupérer les toiles, pour du fric, rien que pour du fric.

Je me laissai aller à mon tour contre la falaise brûlante. Aussi décomposé que le Corse, écœuré, à deux doigts de la gerbe. Le père Gabriel, la morale et l'ascèse, le bon père de la famille Roscodon tuait pour garder des tableaux dans un coffre. La main de Dieu dans la calotte du sordide.

Oh Julien, t'aurais pas dû écouter Lavillier, une mort aussi conne c'était pas ton destin, et toi Lalou t'aurais dû continuer à faire des pipes Montée des Accoules, le commerce et les affaires c'étaient pas ton avenir.

Le môme comme dessoûlé se leva, risqua un pas, puis deux, ça allait il tenait sur ses cannes. Le sang batifolait bien un peu trop vite par ci par là, mais il se sentait léger.

— Qu'est-ce que tu peux faire pour moi ?

C'est vrai je m'étais avancé.

— Raspoutine, je l'ai à ma botte. Il t'a pas déclaré en fugue, il a trop peur des retombées. Il mouftera pas. De ton côté tu sais rien, tu dis rien, t'as jamais rien vu, tu me connais pas. Pendant une semaine, t'es resté planqué dans le placard de ta chambre ou sous les jupes d'une Hollandaise. Je m'arrangerai. Ta tronche ? C'est vrai qu'elle est pas banale aujourd'hui. Une poussée d'acnée ou des moules pas fraîches. À toi de voir. Allez on rentre.

La montée n'en finissait pas. J'avais l'impression de porter un cercueil tout frais cloué sur chaque épaule. Le souffle du plateau avait cédé le pas à l'haleine d'une fosse commune. Elle me lâcherait jamais cette enfoirée de Camarde ! C'est pas parce qu'elle avait pris ses marques un jour à Brazza qu'elle devait se croire en terrain conquis !

Sur mes talons Ludovic soufflait comme un brontosaure écrasé par la réverbération du soleil contre les roches.

Ornella fidèle au rendez-vous attendait un vacancier, elle récupéra deux épaves.

Pas besoin de dessins. L'un était bouffi, ensanglanté, l'autre avait cent ans et venait à nouveau de croiser la mort.

Sa copine l'avait déposée en passant sur la route, ça tombait bien, j'étais pas capable de tenir le volant, assommé par ce que je venais d'entendre, par ma naïveté qui m'avait conduit au cœur d'un nid de frelons, par cette douleur qui refaisait surface. Ça clignotait dans ma tronche.

Rends-toi, tu es cerné. Une petite voix susurrait sur ma droite côté plein ciel, «casse toi, casse toi c'est pas là l'arrêt, va encore plus loin», tandis que sur ma gauche, côté italien une autre murmurait: «c'est ici ou jamais, règle tes comptes, va jusqu'au bout, comprends ce qui t'arrive».

La stéréo déconnait, pas moyen de faire le point.

Ornella roulait doucement fenêtres ouvertes sur les senteurs du soir, mais je n'éprouvais rien. Aucune émotion. J'avais endossé la bonne vieille pelisse froide des mauvais jours qui m'annihilait et me laissait juste assez de force pour débusquer la flasque d'alcool dans la boîte à gants.

Bien calé sur l'appuie-tête je me mis à biberonner avec application, guettant la vague qui se lèverait bientôt, sensuelle comme la voix de ma nourrice slave, comme mon nom qu'elle seule savait répéter à l'infini jusqu'à ce que je m'endorme calmé; «Victor Boris Dragalevski, Victor Boris Dragalevski».

À l'arrière le gamin recroquevillé ronflait.

*

Le calme ne nous serait pas donné ce soir-là! Sauveterre accueillait les «Rois du Roc»! Manifestation esthético-musico-sportive qui depuis quelques années clôturait la saison comme disaient les commerçants qui acceptaient mal que le bourg ne vive que trois mois par an au rythme des monnaies européennes.

Une troupe de barjots des rochers, blonds et pain d'épice à souhait, bien pris dans leurs bodies fun installaient un mur d'escalade en carton pâte au beau milieu de la placette, des projos aux fenêtres des riverains, une sono rock des fois qu'on n'ait pas compris l'astucieux glissement sémantique, et brodaient des pas de danse verticaux façon Béjart des murs, les nanas se prenant pour la Destivelle, les mecs pour Eldinger.

Mais chaque année c'était la même chose. À cette date les touristes étaient sur le départ. Les gars du bourg reprenaient possession de leur territoire, attendaient de voir les petits culs moulés des grimpeuses, et gloussaient des « t'arrête pas aux nœuds », « accroche toi au clito » éructés entre deux Kro, pour faire gondoler leurs copines.

L'ambiance était garantie, la fête se terminait par une bagarre générale, les képis ne se déplaçaient même plus. L'automne et l'hiver pouvaient bien arriver avec leurs lots de solitude, on s'en foutait on avait bien rigolé et les bistrots de la placette avaient fait exploser leurs recettes. Le Sailor lui, gardait le rideau baissé. Il était pas exactement de la confrérie.

Je remontai la jetée du boulevard mains dans les poches, épaule contre épaule avec Ornella, c'est tout ce que je pouvais offrir en ces moments de déprime. Ludo, happé par la foule s'était éclipsé. À mon avis, tel qu'il était parti dans la vie il n'arriverait pas gagnant. Bon vent le Corse, salue bien l'accordéoniste des banlieues de gôche. Je marmonnais d'indéchiffrables ressentiments. Comme marin y avait pas plus paumé que moi, et comme rade pour m'accueillir pas mieux nommé que le Sailor.

Ornella qui avait pigé sortit deux chaises un guéridon sur le pas de la porte, deux verres, une Stolichnaya et des glaçons.

— Vogue mon gars, me dit-elle très Florence Arthaud, noie ton chagrin et ton âme, on verra bien si on se retrouve au bout du voyage.

Juste ce qu'il fallait dire et faire au bon moment. Une invitation à être moi-même. Nous étions seuls au monde, les flonflons de la rockermesse ne franchissaient pas l'îlot de notre tête-à-tête, je pouvais causer.

Quitte ou double. Allez, go !

— Patrick Durand, du Bayard, était à Brazza, lors de ma dernière mission.

Je laissais glisser mes mots goutte à goutte comme la vodka dans les verres. Temps de pose, l'alcool gonflait les lames de fond. Le regard d'Ornella était indéchiffrable, lointain.

— J'assurai la protection rapprochée du Président. Mon boulot depuis longtemps. Je protège qui me paie. Appelle ça comme tu veux. Ce jour-là c'était la routine. Les tambours, la foule, le soleil au zénith. Les danseurs qui s'excitent, se défient. Au bout de l'allée des bougainvilliers les pirogues qui attendent à l'embarcadère le signal du Président pour engager la course. Aller retour dans la largeur du fleuve après avoir frôlé les rives du Zaïre.

C'était de plus en plus difficile d'aligner les phrases. Temps d'arrêt. Bouée de vodka. Suite.

— J'avais femme et enfant, un certain bonheur lisse, immédiat. Ils étaient dans la deuxième voiture du cortège, la Mercedes blindée de la Présidente, une mama de la même ethnie que mon amie qui portait pagne et chaussures rouges à talons hauts. Je ne sais pas pourquoi ce détail m'est resté. J'étais sur le marche-pied de la quatrième voiture. La foule ne savait jamais dans laquelle était le Président, toutes portaient son fanion. Au bas de l'allée, des tirs croisés ont pris la tête du cortège pour cible. J'étais trop éloigné, en déséquilibre, totalement surpris. Mes hommes étaient ailleurs déjà postés autour de la tribune. Échec sur toute la ligne. Je n'ai rien vu venir, je n'ai rien pu tenter. Une roquette a touché de plein fouet la Mercedes qui s'est soulevée comme une dinky-toy. Trop tard, tout était joué. Des corps partout. La Présidente blessée. Mon fils comme un cabri à l'étal du marché, sa mère abreuvant de son sang sa terre natale. La fin quoi.

Ornella écoutait, comme absente. Je remplis à nouveau mon verre.

— Patrick Deslandes, c'est son vrai nom, était à la tribune. Invité d'honneur, avocat bidon faisant de la « plaidoierie rapprochée » comme il aimait dire. On le craignait, il en savait beaucoup sur les années Bokassa. J'ai fui pour échapper au lynchage. Il m'a aidé à me cacher au cœur de la cité. Je n'ai jamais pu revenir m'expliquer ni fermer les yeux de mon amie, ni ensevelir l'enfant. Je ne sais toujours pas l'erreur que j'ai commise.

L'alcool purifiait ma bouche d'avoir osé prononcer tant de mots interdits. Ornella me regardait à présent avec une incroyable intensité, comme si les vrilles de ses pupilles voulaient extirper mes derniers souvenirs. Comme on purge le pus d'une blessure qui ne cicatrice pas. Le Sailor tanguait. J'achevai ma confession.

— J'ai continué à me cacher en brousse, de Mission en Mission, chez des curés italiens le plus souvent. Ils m'ont donné la filière du père Gabriel, au cas où, pensant que mes engagements signaient mon appartenance au monde de l'ordre chrétien.

J'avais perdu la notion du temps, des lieux, puis comme si on ouvrait une fenêtre, j'entendis à nouveau bruisser la fête. De l'autre côté du guéridon Ornella en chair et en os était là, bien là, bien vivante. Elle saisit son verre, le vida d'un trait puis le lança avec force par dessus son épaule gauche, vaillant soldat du Tsar Dragalevski, gueulant d'une voix de soudard : « À nos vies ».

Ce n'était pas quitte, ce serait double ! Une force formidable prit naissance au plus profond de mes tripes, glouglouta dans mes veines comme un ruisseau glouton qui occupe un terrain en friche. À mon tour je fracassai mon verre au sol.

— Lalou, Stanislas, Julien, je continue. Cap sur l'abbaye !

Ornella était déjà debout. On faisait toujours équipe ensemble ça allait de soi.

Notre énergie retrouvée sembla donner le « la » à la grande castagne annoncée. Ceux de la cité étaient descendus en force. Les meufs menaient le bal. Yasmina, Nadia et leurs copines n'acceptaient pas la concurrence des petites culottes fluo qui glissaient le long des cordes lisses et rendaient leurs mecs fous. Les premières canettes volèrent contre le mur d'escalade.

Aux premières lignes, sagement installés sur des chaises cannées, la brochette des anciens du spectacle et affiliés essayèrent d'évaluer la gravité de la *bronca* en habitués des salles chaudes. Annadèle, chapeautée et surexcitée, s'accrochait au bras de Maxime qui tentait d'imposer sa stature de lutteur de foire. Première victime des projectiles elle s'affala avec grâce, sans un cri. « *Polyeucte,* acte III », pensa Marguerite, une ancienne de l'Odéon. Ce fut le signal de la débandade.

— Salauds, hurlèrent les petits gars du bourg qui n'attendaient que ça.

188

Trois chaises atterrirent dans le groupe des RONA de la deuxième et troisième génération.

— Racistes, répliquèrent-ils comme un seul immigré.

Le dialogue s'enchaîna, réglé à souhait : « Pédé », « Ta mère », « Enculé », « La tienne ». C'était des pros depuis l'enfance, pas des intermittents du spectacle ! Je ne sais pas pourquoi, mais je guettais le bruit caractéristique de la Poclain jaune. Et elle arriva ! Comme les hallebardiers ! Par où on ne l'attendait pas, du côté des ruelles où elle s'était glissée en écornant quelques façades, à l'arrière du mur d'escalade qu'elle poussa d'un seul coup de lame vers le public. Je crus voir la bouille éclatée de Ludo dans la cabine. Le décor bascula de toute sa hauteur sur les premiers rangs du quatrième âge. C'était grandiose.

Et roulez jeunesse, y avait pas d'entracte. Surmontant l'incroyable vacarme une voie suraigüe cria : « les vipères, les vipères ». Une sorte de cordelette vert et jaune, lancée par une main scélérate tournoya au-dessus des têtes avant de retomber aux pieds de Marguerite qui s'évanouit sur le champ, « *La guerre de Troie n'aura pas lieu, acte II* ».

J'avais de l'énergie à revendre. Une renaissance. J'allais m'engager dans la mêlée mais Ornella me retint in extrémis par la manche.

— Non ! « *Les Troyens,* acte IV ». Laisse un peu mesurer les autres. Ah, Pagnol !

Nous rejoignîmes ma D.S. en nous bidonnant comme des collégiens et roulâmes tous feux éteints vers Roscodon. L'approche finale se fit à pied, en silence, comme les musaraignes qui venaient la nuit se faire les dents sur les bulbes d'orchidées du frère Marcel.

*

Je connaissais les lieux. Il fallait longer la haie doublée de barbelés et se faufiler dans la tranchée creusée sous
le grillage. Ornella ondulait d'une démarche de colleuse
d'affiches, technique bien rodée qui lui avait permis plus
d'une fois de se fondre dans la nuit avec ses potes de la
Ligue et d'échapper aux fachos qui voulaient bouffer du
Rouge et de la gonzesse d'Orléans.

On était remontés à bloc, précis dans nos gestes, froids
dans nos têtes.

La serrure avait été renforcée mais ce ne fut pas un problème. Deux minutes après nous étions au cœur du réac-
teur, lieu de tous les dangers.

Méfi, méfi ! J'allai droit au placard du fond et renou-
velai l'opération à la lueur de la torche. Une forte odeur
de térébenthine et de tissu brûlé me frappa au visage. Sur
l'établi, à gauche de l'écran de contrôle, une toile sortie
de son cadre, macérait dans un bac en plastique plein d'une
mixture gélatineuse d'où s'échappaient des bulles nau-
séabondes. Drôle de bain de jouvence pour le portrait d'une
vieille femme, sans doute une veuve célèbre avec bon-
net à oreilles et fraise au cou comme on en portait dans
son milieu, à la Renaissance. D'autres toiles reposaient
sur des chevalets, égayées d'emplâtres plus ou moins
maculés comme de vieux pansements.

— Ce faux placard me fait penser à un atelier clandestin
du Sentier, pas à une honnête sacristie !

Elle rigola, prête à donner la réplique sur ce ton,
lorsqu'un bruit nous fit sursauter. Comme une toux étouf-
fée dans l'épaisseur d'un mouchoir. On se colla l'un à

l'autre, torche éteinte, oreilles, bouches, yeux démesurément ouverts pour mieux comprendre ce qui se passait. Silence de tombeau. Plus rien. Dans le bac les petites bulles gélatineuses continuaient à grignoter la trogne de la Flamande. Absolument rien dans ce réduit pour guider le regard, lorsqu'un rectangle de lumière se découpa au scalpel sur le sol. On se serra encore plus, doubles ressorts tendus, prêts à contrer le danger. Il ne pouvait rien venir de bon d'un type qui toussait comme ça, planqué au sous-sol d'un faux placard.

On était là pour percer le mystère de l'abbaye, bousculer Roscodon. Ni une ni deux. En avant pour le couteau suisse. Ma lame parcourut la ligne claire de la trappe avec la précision d'un outil de maître écailleur. Je dus libérer une clavette, la porte s'arracha du sol d'un seul coup, sans couiner, crachant un pavé de lumière aveuglante.

Ornella n'eut pas le temps de cligner des yeux que je dévalais l'échelle de meunier, le multilames au bout du bras tendu, l'avais-je bien descendu, déjà en train de tourner au sol sur moi-même. Je cherchais à détailler la pièce qui tournait avec moi. Une longue salle basse voûtée, une crypte très éclairée, tapissée de bouquins, de tableaux, d'étagères débordant d'un fond de commerce de brocanteur, chandeliers à sept branches, icônes flamboyantes, pendulettes. Mes pupilles enregistrèrent ce capharnaüm en une fraction de seconde avant de se fixer sur l'homme à la toux.

Il était là, dissimulé par le dossier de cuir d'un lourd fauteuil usé, tassé sur lui-même comme un convalescent souffreteux, immobile.

— Je savais qu'un jour ou l'autre on viendrait me débusquer. Que voulez-vous ?

Il parlait sans hausser le ton, d'un filet de voix sans arrogance, comme on salue du fond de sa tanière le voyageur qui a osé forcer la porte et le destin...

Incroyable, un cachot en fond de cale dans le bateau ivre de Roscodon !

Ornella fit le tour du caveau vite fait, les mains en avant, questionnant les murs, cherchant d'autres cachettes, d'autres failles. Elle n'avait pas dû se contenter de tenir les micros à l'estrade dans les meetings la militante, elle savait aussi fouiller une planque.

Je m'approchai du vieux. Il l'était vraiment. Les années en se retirant avaient laissé sur la plage de ses joues des vaguelettes de peau qui s'échouaient contre l'arête de son nez large et anguleux, et puis aussi deux flaques d'eau de mer par temps de brume entre ses paupières tombantes. Un étrange regard verdâtre, plein de reflets et de tristesse.

Pas d'émotion, je redoublais d'attention. Sauveterre c'était pas Sarajevo, pour se terrer ainsi il fallait avoir un sacré poids sur la conscience, craindre le grand jour pour de sérieuses raisons. On ne jouait pas innocemment au mort-vivant. À moins d'être pété du casque tendance schizo ou illuminé tendance mystico. Une question simple comme l'évidence me vint aux lèvres.

— Pourquoi ?

Réponse en forme de quinte de toux. L'odeur de la térébenthine dévalait l'escalier. Ça manquait furieusement d'air. Il allait rendre l'âme en sous-sol ! Je dégrafai le col de sa chemise.

— Ne me touchez pas ! (Bref, tranchant, un ton de chef.)

— Alors pourquoi ?

Ornella était aussi tendue que moi. On était pas là pour faire de l'archéologie en sous-sol. Il se goura dans sa réponse, croyant qu'on en voulait aux tableaux.

— Vous n'arriverez pas à les vendre. Trop grosses prises. Ils sont répertoriés comme ayant disparu dans tous les catalogues des salles des ventes du monde. Pas volés, disparus. Ça vous étonne !

— Pas plus que ça, je les cherche depuis l'occupation allemande.

Il marqua le coup. Ses yeux s'emplirent d'algues brunes. Cet homme pouvait virer de bord en un instant. Danger. Ce n'était pas le vieil homme tranquille que j'avais cru discerner. J'insistai, mâchoires serrées, me maîtrisant pour ne pas le secouer.

— Qui êtes-vous ? C'est trop tard pour vous taire. Je ne vous lâcherai pas.

C'est Ornella qui trouva les mots-clefs. Elle n'avait pas oublié ses rouges universités d'été au bord de la Loire où parmi les odeurs de merguez elle apprenait à tirer des tracts, combattre le fascisme, manier la dialectique.

— Où étiez-vous à la Libération ? On vous cherchait partout.

Tout en lui se relâcha d'un coup avec un surplus de plis sur son visage, comme la grande marée sur les plages du débarquement.

— Aux côtés de Touvier, vous le savez bien.

Quel coup de poker ! Il se soulageait d'un secret incroyable. J'en restai sur le cul.

— Touvier ! le salaud de la rafle de Lyon en septembre 44 ?

— J'étais un de ses lieutenants dans la milice dont il était le chef.

Mes yeux devaient scintiller comme des étoiles de David.

— Oh, vous savez, vous pouvez me haïr et m'insulter, ça fait bientôt cinquante ans que l'étiquette de salaud me colle à la peau, alors votre opinion m'indiffère totalement. C'est ainsi. Je ne referai ni l'Histoire ni ma vie.

Hautain, le planqué.

Les collabos, les lâches, les ceux du camp d'en face, les faux frères du profit, les grands seaux de merde dans la fosse à purin des règlements de compte, c'était pas mon truc. La tête du milicien preneur d'otages j'aurais pu me la payer sur le champ mais pas deux générations plus tard. Ma morale était celle de l'instant. Je ne savais pas courir après l'injustice. Je gagnais ou je perdais, mais je ne jouais jamais les prolongations.

Ornella n'était pas du même tonneau. Capable de venger Trotsky un demi-siècle après sur les ruines fumantes du mur de Berlin ! Elle ne lâcha pas prise. Déterminée comme une arbalète, le trait des yeux planté dans ceux du reclus. Avec en prime le tutoiement du mépris.

— Tu as collaboré avec les SS ?

Silence.

— Comment as-tu pu échapper à la justice ? Qu'est-ce que tu fais ici ?

Silence. Silence encore. Je n'avais rien à dire non plus.

Puis enfin, d'entre les coussins du fauteuil, la voix de l'homme s'éleva, ténue comme un souffle de notaire à l'ouverture d'un testament.

— Madame vous n'étiez pas née lorsque j'ai choisi le camp de Pétain le vainqueur de Verdun, le camp de

Touvier le patriote, celui de l'avenir européen, de l'ordre, de la pensée chrétienne, ne croyez pas avoir déniché à Sauveterre le bourreau de Treblinka, je m'appelle Marie-Joseph, oui je sais, Marie-Joseph Dompierre, un enfant du Berry monté à Lyon pour étudier les Beaux-Arts malgré l'incompréhension de ses proches pour le monde des artistes, fils de paysan, un presque rien, un petit Français seulement habile de ses mains et de ses pinceaux qui voulait réussir sa vie, fasciné par les Allemands, qui savaient parler culture et peinture, et qui imposaient leurs valeurs à une France frileuse. Je me suis pris d'amitié pour ce milieu d'artistes en uniforme et on m'a confié des missions de plus en plus officielles, jusqu'à restaurer les prises de guerre de l'occupant, jusqu'à des œuvres d'une grande beauté dont je ne voulais pas connaître l'origine, on ne refuse pas de tels honneurs à vingt-cinq ans, chacun s'arrange avec ce qui l'arrange.

Il fallait tendre l'oreille pour comprendre ses phrases qui s'enchaînaient les unes aux autres sans liaison, délirantes.

— Les objets d'art, les tableaux étaient soustraits aux juifs, aux francs-maçons que la milice traquait, je crois qu'ils partaient pour l'Allemagne et que leurs biens leur survivaient à Lyon, dans mon atelier d'artiste sur les quais de la Saône je dialoguais avec Rembrandt, Matisse, sans écouter les sirènes de ma conscience. Mais ce furent celles de la Libération qui mirent fin à ce rêve.

Il haletait comme un asthmatique sous la canicule.

— J'étais chassé de la table des maîtres, je dus fuir, chacun pour soi et Dieu pour qui connaissait ses dignitaires. Heureusement on avait besoin de mes services pour restaurer le trésor de guerre et je fus admis dans la filière des extrémistes réfugiés dans les couvents et les monastères. Je suis rentré par la petite porte de la clandestinité, mais elle s'est refermée dans un sinistre grincement de grille de sépulcre. J'étais sauvé et perdu à la fois.

Il s'arrêta à bout de souffle, couvert d'une sueur aussi grasse que la mixture qui liftait la veuve dans le bac du labo. Il s'épongea le front à plusieurs reprises et continua dans un invraisemblable sifflement de gazé.

— Année après année j'ai fui, de prieurés en abbayes, Nice, Lyon, Grenoble, croisant parfois Touvier qui me parlait peu, il était dans la cour des grands, j'étais un besogneux et je me suis terré, tu, tassé, désincarné, fondu dans la trame des toiles de maîtres qui m'ont nourri et me nourrissent encore, je les modifie pouce par pouce, nuance par nuance, les recrée identiques et pourtant autres, méconnaissables, les transforme en double d'elles-mêmes comme des esquisses en phase terminale que l'on aurait découvertes dans les combles d'un prieuré, je fabrique des avant-projets, des premières œuvres que n'aurait pas retenu l'artiste et qui seraient restées inconnues jusqu'à ce jour, je rajeunis l'inspiration des artistes et paie ma dette à l'Église. Maintenant laissez-moi, je suis fatigué, très fatigué.

Ornella desserra l'étreinte de son regard, recula de quelques centimètres. Assez pour lui sauver la vie. Le couteau lancé du haut des marches l'atteignit au bras gauche au lieu du cœur.

Par contre les ciseaux que j'attrapai sur la table basse ne ratèrent pas leur cible, haute silhouette blanche qui s'abattit à mes pieds dans une envolée de soutane et un désagréable bruit mat de carcasse de bœuf sur l'étal du boucher. Mon amie fit un tour sur elle-même en cherchant à comprendre d'où venait cette douleur de feu, y porta la main et arracha la lame d'un seul geste. Pas un cri en sous-sol. La blessure était profonde mais franche. Peu de sang.

Marie-Joseph n'avait pas bronché, totalement absent, hors du temps.

L'homme qui gisait sur le sol, désarticulé comme un pantin, jeune et coiffé en brosse, ne ferait plus de piche-nette sur les laïcs. La dernière marche lui avait fait recu-ler le nez et le front jusqu'aux oreilles. Mauvais pour son profil grec. Le geste qui sauve n'avait plus de sens pour lui. Je rabattis la soutane sur son masque de Frankenstein. Avec ses cannes anguleuses et poilues on aurait dit un alba-tros mazouté rejeté par la marée. Une odeur de pisse et de sang envahit le peu d'air de la crypte.

Dans son coin, le faussaire piqua du menton, rêvant de Van Gogh dans un champ de tournesols nazis. Les misères d'ici-bas ne le concernaient pas.

Je découpai des bandelettes dans un rouleau de toile rangé dans un coin et pansai le bras d'Ornella. Elle me laissa faire sans un soupir, sans un cri, posant seulement sa tête trop lourde contre mon épaule. Et là, à cet instant précis, je pris ma décision. Je l'emmenerai loin d'ici, loin de tous ces cons qui avaient vendu leur âme au diable, construit leur village sur un terreau de mensonges, de haine et de fric qui, plus sûrement que les œufs de dinosaures enfantaient des monstres, et je…

Le coloriage de mon album happy-end resta inachevé. Poussé par la funeste musique qui siffle aux oreilles du rat quand le piège va se refermer, je bondis vers l'esca-lier et franchis les marches dans un fantastique bond, juste pour recevoir la porte de la trappe sur les épaules.

Putain de curés ! Ils envoyaient leur troupe par vagues successives comme en 14 cette fois, style il y en aura toujours bien un qui passera.

Même moule, même détermination. Je roulai au corps à corps avec le clône de feu, le blondinet en soutane. Lui ou moi. Lui décida Ornella s'aidant d'un chandelier en bronze et à sept branches, juste revanche du peuple d'Israël.

Grazie l'Italienne ! Je reprendrai mon rêve rose plus tard et je te montrerai les plans de mon château espagnol.

Le temps que le gaillard compte les chandelles juives, je lui ficelai les mains et les pieds ramenés dans le dos avec le reste de la toile. Signée Rouault, du solide.

Je n'avais jamais croisé ce jeunot dans les jardins de Roscodon. Ils devaient en avoir tout un stock à la nurserie. Il se mit à table, sans se faire prier comme s'il était fier d'étaler son ragôut divin mijoté sur les fourneaux de l'intégrisme.

Il était chevalier de Notre-Dame ! Un de ces illuminés qui assuraient le service d'ordre de Monseigneur Lustiger quand il lui prenait l'envie de gravir à genoux les marches du Sacré-Cœur, un de ces nostalgiques de l'Ordre de Jeanne d'Arc qui pensait que c'était le doigt de Dieu qui avait touché l'œil de Le Pen, qu'être assis à son extrême droite lui donnait des droits d'aînesse et que le Christ reviendrait sur terre lorsque de petites moustaches brunes refleuriraient aux lèvres des croyants. Il récitait sa leçon avec l'enthousiasme béat des accros de la Foi. Rien à en tirer sauf sur ce qui m'intéressait, Julien et Lalou. J'étais là pour ça.

L'intégriste se voulait intègre. J'aurais préféré qu'il sache mentir. Ce qu'il m'apprit me laissa plus meurtri qu'un coup de surin.

Julien, roi des galères et des coups foireux, venait bien à l'abbaye pour négocier la restitution des tableaux qu'il avait volés. Il ne les avait plus le petit con. O.K., ça je le savais, Ludo son jumeau m'avait mis au parfum. Il se les était fourgué dans les veines ses Rembrandt ! Mais ce ne fut pas la funeste soutane du père Gabriel qu'il croisa sur son chemin du côté des bassins, mais bien la robe fleurie de Lalou ! Oui j'entendais bien, de Lalou ! Le mafioso du Christ rigolait doucement, devant ma tronche décomposée.

Le coup de tatane que je lui filais ne fit qu'accentuer son rictus. Programmé pour le martyre ce jeune salaud. Inutile de continuer sur cette voie musclée. Son fiel coula à nouveau. Il fallait que j'écoute, que je sache.

— Mon rôle est de veiller sur la sécurité de l'abbaye. J'ai vu ce soir-là l'antiquaire asperger le jeune Marseillais de lacrymogène avant de le frapper au sol d'un coup de barre à mine. Lorsque vous êtes parti plus tard, j'ai maquillé le crime en accident pour faire croire à une fugue qui aurait mal tourné. Il fallait que l'abbaye reste en dehors de ce contretemps, retrouve le calme. Mais tant que vous étiez là, ce n'était pas possible. Vous étiez de trop, toujours à fouiner de ci de là, à faire ami avec le frère Marcel ce simple d'esprit bavard. Le père Gabriel m'a demandé de glisser les vipères dans votre cellule pour vous faire déguerpir et de fil en aiguille j'ai dû aussi ouvrir les cages du Canadien, pour multiplier les fausses pistes et…

Je ne l'écoutais plus. Oh, Lalou ! Quel gachis ! Qu'est-ce que tu avais fait !

Fallait-il que tu en aies envie de ta Madrague pour buter un aussi paumé que toi !

Préserver ton rêve en cassant celui du rocker ! Putain

que c'était moche! Mais qu'est-ce que j'avais cru? Qu'une belle tapineuse sur le retour préparait sa retraite en prêtant son cul aux élans mous d'un conseiller général et seulement ça? Incorrigible romantique gobeur de Contes de Perrault! J'avais tout faux. Y avait pas de reconnaissance de classe dans la débrouille pour la vie, même chez les paumés le soleil ne brillait pas pour tous. J'avais pas encore pigé ça. Je baissais toujours la garde trop tôt. C'est comme ça que je m'étais planté là-bas. Il était temps que je me l'avoue.

Pour faire ce boulot les bons réflexes ne suffisaient pas. Il fallait douter de tout, de chacun, n'accepter aucune amitié, voir son propre fils avec les yeux de Laïos. Et pourquoi pas Ornella! Qu'est-ce qu'elle préparait dans mon dos?

Je fis brusquement demi-tour et la heurtai au bras.

— Oh, Victor Boris!

Elle était plus pâle que le marbre blanc du Rodin qui se tourmentait sur une étagère, avec des yeux brûlant de fièvre. C'est moi qui délirais. J'en étais à la soupçonner! Je la serrai doucement dans mes bras, lui glissai dans l'oreille des petits mots que je ne me croyais plus capable de prononcer.

— Excuse-moi. N'aie pas peur. Je vais m'occuper de toi, de nous, on va s'en aller loin d'ici comme de vrais marins libres, et je la soulevai comme un polochon de plumes.

Je quittai l'atelier sans un regard pour le vermisseau blanchâtre qui rampait sur le sol, ni pour son double qui lâchait des gaz comme pêtent les morts, ni pour le vieux reclus qui bavait ses souvenirs sur son gilet taché.

Je remontai l'allée centrale du jardin baigné de lune, Dieu comme la nature se fout de nos drames, arrachai au

200

passage une brassée d'orchidées mauves en demandant pardon à mon pote le jardinier d'Argenteuil et regagnai ma D.S. qui avait eu le bon goût de ne pas virer citrouille malgré le minuit passé.

Et alors là, après que j'eus allongé ma belle sur les sièges en cuir, je m'offris cinq minutes d'entracte pour moi tout seul. Au mépris des précautions les plus élémentaires je retournai à l'atelier, emjambai le corps du lombric qui s'acharnait en vain sur ses liens et sautai à pieds joints sur tout ce qui ressemblait à une toile ou à un objet de valeur comme un sale gamin de quartier qui a forcé les portes de la M.J. Je refilai mille ans de boulot supplémentaire à Marie-Joseph, lacérai les Bosch et les Matisse, crevai les Gauguin et les Bruegel, décapitai les Rodin, amputai les Mayol.

J'étais habité par la sourde fébrilité des hérétiques, soulevé d'une immense joie païenne.

Le jeune curé impuissant, se mit à se tordre d'un rire nerveux, incontrôlable. À chaque Gallé qui explosait au sol, il redoublait de rires, perdait souffle, bavait sur sa robe de bure trempée comme une serpillière.

— Oh, vanité, retourne en poussière, murmura-t-il.

Capable de jouir de ses malheurs, l'illuminé ! Je suis sûr qu'il bandait ! Le sol était jonché d'éclats de céramique, de bronze, de lambeaux de toile. Je me dédouanais de toutes les désillusions de ces folles semaines à Sauveterre.

Lorsque je remontai à nouveau l'allée du jardin, je vis nettement la silhouette du père Gabriel dressée comme une statue, gardien du cloître, les sandales dans la lavande. Pas un mot sur mon passage. Il savait perdre, le cureton.

J'abandonnai Roscodon à son sort. Les moines garderaient leur secret et enterreraient leur mort. Rien ne filtrerait de cette nuit d'apocalypse.

Ornella tremblait de fièvre. J'allai réveiller le pharmacien qui goba ma version de l'accident et fournit sans problème pansements, antibiotiques et calmants. Je la déshabillai comme une petite fille malade. Dieu qu'elle était belle, nue sur les draps. Pas si fillette que ça d'ailleurs. Formée à souhait ! Je jouai au docteur, mais sérieux, celui qui soignait pour de vrai. Pour le reste on verrait plus tard. Je me promis pour la deuxième fois de l'amener à la mer. Ça tournait à l'obsession. J'avais l'impression que toute cette merde venait d'un trop plein de rocaille, d'un mauvais équilibre téllurique et que si nous batifolions dans les flots, la balance des bonnes énergies se rétablirait.

Mais bien sûr ! Elle y avait déjà pensé ! Le « Sailor ». Révélation ! C'est elle qui l'avait baptisé ainsi ! Pour conjurer les forces maléfiques de ce plateau pelé qui ne pouvait accoucher que d'âmes desséchées !

Elle dormait détendue, calée entre deux oreillers joufflus. Malgré tout, malgré les morts, les saloperies, les regrets, la vie était là, sous mes yeux, imprévue, fine, brune et tremblante. Une bonne nouvelle dans une boîte aux lettres longtemps désertée.

Mais une rengaine sournoise m'empêchait de trouver le sommeil à ses côtés. Lalou, Lalou. Ça battait contre mes tempes. Lalou, Lalou. Qui avait tué Lalou ?

Pas un bruit dans l'appart au-dessus du bar. La Rousquille dormait sur ses deux oreilles de Toulousaine. Muni de ma torche je gagnai la placette, longeai les murs comme un matou en mal de femelle. La « Boutique d'Antan » avait des scellés devant, des scellés à l'arrière. Rigolos, va. Un fil de fer et de la cire pour empêcher d'entrer, alors qu'une commode en noyer n'avait pas découragé les tueurs.

Je savais ce que je cherchais. Ça me prit du temps. J'explorai les murs centimètre par centimètre, sondai les tentures, dépiautai les coussins. La balle était bien là, unique, écrasée du museau, nichée dans un innocent traversin de cretonne. Qu'elle était lourde dans ma main cette once de plomb sortie de la gueule d'un 357 Magnum pour éclater la trachée de Lalou et éteindre ses rêves de midinette ! L'arme de ceux qui régnaient sur le Vieux-Port et le Haut-du-Panier. Les truands de Marseille avait signé leur passage.

Le gros coup dont elle parlait c'était sans nul doute les deux tableaux que Julien lui avait refilés pour trois fois rien. Une fortune tombée du ciel. Mais pas pour elle. Le Milieu avait vite pigé. Pas question non plus de les rendre aux frères de Roscodon. Julien éliminé par Lalou il ne leur restait plus qu'à la faire taire. Les tableaux changeaient de mains sans que personne ne les réclame. Quant à Lalou, y aurait pas grand-monde de sa famille pour la pleurer et faire avancer l'enquête. Ces femmes là ne survivaient pas à leur corp.

À cette heure, les tableaux devaient se négocier sur la place de Genève. La Suisse c'était clean, l'argent de la drogue et du sexe y était plus blanc. Avec ces thunes la môme de la montée des Accoules aurait pu s'acheter dix villas sur les hauteurs de la Bocca. Mais c'était pas son lot.

Je plaçai la balle bien en vue sur le parquet, au pied du lit. Il restait un petit espoir d'emmerder les assassins, des fois que Joseph Chamefaux ait la main heureuse. Mais quelle importance ? Je me ravisai, l'écrasai sous mon talon et la glissai dans le tambour du petit soldat de l'An II. Il lui restait trois tours à faire sur son ressort tendu. En bon automate il les exécuta parfaitement en saluant bien bas la compagnie. Tchao Lalou.

*

Ornella reposait. Je la veillai toute la nuit.

Au matin, petite chèvre de M. Seguin, je lâchai prise et m'endormis à mon tour. Un peu plus tard, la Rousquille qui connaissait l'histoire s'approcha à pas de loup et nous dévora du regard.

Elle avait pas assez de dents pour sourire comme elle l'aurait voulu. C'était mieux que la double page photos de *Paris Match* ! Lui, les joues mangées par une ombre virile, elle, fragile comme un oiseau des îles, un bouquet d'orchidées à leur chevet !

Elle hésita entre le cri de la marraine de guerre et celui de la marieuse, puis, maîtrisant son émotion, ceignit son tablier blanc à dentelles pour revenir bientôt avec un plateau débordant de café, de tartines grillées, de confiture, d'amandes et de miel, sachant au plus profond de son cœur secret qu'un jour aussi son prince viendrait.

Un fantastique fou rire me secoua. Je me dressai à poil sur mon séant, chaussai mes Ray-Ban pour cacher ma nudité et lui envoyai un baiser.

Les bruits de la placette montaient jusqu'à la chambre, mais ce matin je trouvais le brouhaha provençal sans charme. Le coup du marché « À la bella poutina » me laissait de marbre. À Sauveterre tout était truqué, même le folklore devait cacher des combines. Je donnais pas cher de l'avenir de ce bled. Le vent des fous se lèverait un jour assez sérieusement cette fois pour transformer le bourg et la campagne en Pompeï. Ou bien la guerre des communautés se poursuivrait en sourdine sournoise, et elles continueraient à se détruire selon les stratégies et les opportunités du moment. Ou alors la dioxine viendrait à bout du peu de raison qu'il leur restait dans la cervelle. C'était pas les scénarios catastrophes qui manquaient.

Quant aux morts ils trottineraient encore longtemps dans ma mémoire, chacun à leur place. Parfois je les sortirai de leur petite boîte. Julien danserait avec Lalou pendant que Stanislas ferait des claquettes. C'était ça être mort. Devenir le jouet de la pensée des autres, ne plus s'appartenir. À moins que ça ne soit la liberté. Ça dépendait des points de vue.

Ornella me serra contre elle me faisant savoir que si elle n'avait qu'un bras valide elle était nantie de deux seins en parfaite santé et qu'elle ne voulait pas que je sois triste. Tout de suite elle fut O.K. pour mon plan. Cap pour l'Équateur, les hauts plateaux les pieds dans l'eau. On allait l'avoir notre balade au bord de mer ! La Rousquille se débrouillerait très bien du Sailor.

Le plus dur me restait à faire. Accepter l'avenir. Aller de l'avant sans grigri, ni Rays-Bans, ni D.S.

Et à deux en plus ! Le saut de la vie en élastique, sans filet, et sans élastique !

Certainement la mission la plus délicate que j'aie jamais accomplie.

*Cet ouvrage a été composé
par Infoprint.
Reproduit et achevé d'imprimer sur Roto-Page
par l'Imprimerie Floch à Mayenne
le 27 décembre 1993.
Dépôt légal : décembre 1993.
Numéro d'imprimeur : 35277.*

ISBN 2-07-049393-8 / Imprimé en France.